在世俗之泥上
建自己的天堂

little heaven

小天堂

柳营 作品

人民东方出版传媒
东方出版社

图书在版编目（CIP）数据

小天堂 / 柳营 著 . —北京：东方出版社，2015.5
ISBN 978-7-5060-8188-7

Ⅰ . ①小… Ⅱ . ①柳… Ⅲ . ①长篇小说—中国—当代
Ⅳ . ① I247.5

中国版本图书馆 CIP 数据核字（2015）第 099763 号

小 天 堂
（XIAOTIANTANG）

作　　者：柳　营
责任编辑：陈丽娜
出　　版：东方出版社
发　　行：人民东方出版传媒有限公司
地　　址：北京市东城区朝阳门内大街 166 号
邮政编码：100706
印　　刷：北京市大兴县新魏印刷厂
版　　次：2015 年 6 月第 1 版
印　　次：2015 年 6 月第 1 次印刷
印　　数：1—5000 册
开　　本：880 毫米 × 1230 毫米　1/32
印　　张：8.75
字　　数：140 千字
书　　号：ISBN 978-7-5060-8188-7
定　　价：29.80 元
发行电话：（010）64258117　64258115　64258112

序：他的小天堂

他纯净透明，也阴郁自卑，不动声色里，掺杂了温柔和冷静。他享受过盛开的青春，但生活却很快被现实的沉重、生活的空虚、前途的无望、自我的迷失所充斥，时间如流水般逝去，没有任何东西能抵挡得过时光残忍的冲蚀。

他生于上世纪七十年代。九十年代初，懵懂地走出校门，进入不可知不可测的未来。在生活之河中，看到了他所能见的以及幻想中的一切明亮的东西、一切黑暗的东西、一切使他迷离又能使他看见真实自己的东西。

一路走来，他处处瞻前顾后，无法左右，却在他最具有力量之时，以极为坦然的方式，接受即将到来的事实：代表温暖和安全的所有事物，这其中包括一个丰满结实的、会打呼噜的女子。

在繁杂无序的现实中，他试图通过女人这个媒介，感知生命的流溢。然后，他和女人的脚下，总是晃动不安，到处都充满了变化，她们总让他眩晕。或许也唯其如此，他和女人在彼此的眼中才会呈现出某种幻象，就如他所身处的这片世界。

女人从爱中明白性，而男人却完全不同。总有这样一种男人，他用女人最希望他呈现的特性去接触她们，他并不了解女人，因为不了解，女人才会被他赋予如向日葵般的金黄、月光般的遥远与沼泽地般的混沌。

很多过往的经历，终将成为一场梦一个谜，这些情欲留下的幻想空间，正可以让他完成自我的成长。女人的这面镜子中，男人看见了什么样的自己？

在这个神转速变的时代，他被一股不可控的激流席卷着往前，他的命运似乎从来都不曾真正在他的手里。

他和他交往的女人互为介质，彼此幻想。有惊奇和欣喜，更是绝望和幻灭。如果男人和女人注定很难互相理解，也许他们更适合通过相互映照来发现自身。他在与她们的故事中，被带进一间屋子的门外，擦去窗上的灰尘，掀开屋内女人脸上的面纱，他看到了某个人，这个人可以是任何人，也可以是他认为的真相。

她们融汇成一条女人的流河，他爱抚过她们，并且关注着倒映在其中的自己，以及黑暗中另一个不存在的女人，她是他想象中的女子，但她最后谁也不是。

从一开始，他就处在矛盾之中，灵使他厌恶肉，灵肉合一很多时候却缺少了真诚，充满了肉眼所不能见的欺骗。

正因如此，他在那些女人身上，看到镜中的自己，发现的却是别处的生活。他最后所选择的女人，代表着他对生活的最终理解以及妥协。

这是个关于挣扎、选择、徘徊的成长过程。这亦是个在过程中去寻找并且去接受的课程。接受，即可为和谐。

他认为，他可以通过这个肥沃的、安静的女人，让自己和这个时代以及全部的生活和平相处。

就如天堂。

二〇一二年十一月七日

第一章

Chapter I

婚礼结束了，客人也都散尽了。

　　我在城里有套大房子，婚宴也是在城中最好的酒店办的，但新婚第一夜，仍旧决定回二十几公里外的小镇上过。那里有我祖上传下来的老房子，当年我住的西厢房就是我们的婚房。

　　婚房是十年前就准备好了的，除了那张重新买过的婚床，所有的摆设都与十年前一模一样。

　　我每天都有泡脚的习惯，新婚之夜也不例外。把新娘从车上抱回到婚房后，我一个人回到客厅，坐在那张早就没了弹性的老沙发上，开始脱鞋袜。

　　母亲给我兑好水温，然后蹲下身去，将我的脚捧起，放进木水盆里。她习惯这样做，我也习惯让她这样宠着。忙碌了一天后，当酸痛肿胀的脚遇到热水，疼痛痉挛的感觉便漫延全身，肌肉收缩，沉在脚底的疲倦从皮肤里溢出来，慢慢浮出水面，然后缓缓沉到水底。烫过的脚有一种被抽空的感觉，随之而来的是火辣辣的痛，痛而舒畅。

身体在热水中逐渐放松下来，我靠在沙发上，闭上眼睛，过去的一切乘虚而入，它们在脑子里搅成一团，昨天或者更远的过去，真的或者假的，如烟雾般聚拢了又消散。

只剩回忆……

壹

　　1992 年，我从省城回来，在自己家乡的小县城里开了一家只有十八个平方的小吃铺。母亲随我一起进城，在店里帮我的忙。

　　灯光从小城的各处亮起，夜来了。一丝昏黄的光虚弱地飘进店里来，这光中既有街面路灯的朦胧光晕，又有夜色丝丝缕缕的痕迹，是自然光与人造光的混合体，它给人一种半实半虚的感觉。

　　店里的生意并不好，母亲唉声叹气的。晚上也没几个客人，待最后一个客人走掉后，我便早早关了店门。关门后母亲去姨家住，我住店里，随意铺张小床，就为了省几个租房子的钱。

　　偶尔也出去走走，我喜欢往城郊的方向走。

　　路灯是冰凉的，夜的颜色与路灯混合在一起，是浅青色的，那是幽灵的颜色。夜的幽灵藤萝密布，我的影子被拉得老长。有一颗流星，从远处厚厚的夜幕中划过，穿透空间，落在很远的地方，却照亮了路边那片嫩绿的新叶。

越往城外走，光线越淡。通往郊区的路行人很少，有时候会感觉周围一切都已经死了，只有自己可怕的脚步声。还是回去吧。

躺在那张临时铺起来的小床上，周围没有任何声音。无声也是一种语言，是一枝寒冬里的梅，从一种孤独走向另一种孤独。

寂寥就像虫子一样在小床的四处爬动，爬累了，便停在我身体的某一处冷不丁地咬一口，肉体会有一种痛的感觉，雾一样漫延。人被孤寂浸染，在其中疲惫地睡去。

偶尔会在梦里见到她，她穿着嫩黄色蝙蝠衫，站在高中校门口微笑。她的笑是有距离的、带着从骨子里透出来的傲气，但她却又是那么的清纯与秀美。那个形象如雕像，永远都站在那里，让我心醉神迷。

在梦里，我会朝她走去。我身材高大，宽厚的臂膀，四方脸，浓眉大眼。我每次都会充满自信地朝她走去，快到她身边时，我会伸手去拉她，可就是够不着……有风过来，吹起她的长发，并将她从地面上托起来，越托越高，我眼睁睁地看着她在风中远去。双脚无比沉重，心比脚更沉重，沮丧的情绪弥漫在梦里。

有几只鸟慌慌张张地从校门口的梧桐树上飞起来，随她而去。风越来越大，雷声夹在狂风中，把梧桐树劈成了木片，木片与树叶满天飞舞。我拼命地用手护住脸，怕木片划伤我那张英俊的脸⋯⋯

早上起来洗脸时，我经常会对着镜子里的自己发呆，事实上，我长得矮小瘦弱还稍有点驼背，脸上的皮肤很粗糙，看起来有些邋遢、笨拙，脸盘中间有几道先天的深沟。母亲说，那是苦命沟。我还高度近视，戴一副宽边眼镜，镜框的式样也很老土。读书时，同学们就叫我小老头。从小听到大，听多了也就习惯了。小老头与吴川这两个名字对我来说没什么区别，叫哪个都行。

总之，我有一个不招人待见的长相，可这些全由不得自己的，天生的。

最初开店的那些日子里，是一生中最感伤、最无所适从的日子，无所适从的感觉比爱情的幻灭带来的痛苦还要折磨人。是一种自信心的彻底丧失，觉得生活一下子就没了希望，曾经在内心里为她积蓄的力量，在现实中慢慢消散。

每天清晨开门迎客，夜晚等客人走完后，我就躺在小床上看书，然后在梦里等待她的出现。够了，能在梦里见到她就够了，除此，我还能如何？

（贰）

生活总是会在你不经意的时候改变些什么的。另
一个女人出现了。为此，母亲还为我布置好了新房，
现在的新房就是十年前母亲为我和她布置的。

那女人叫什么名字？她曾经是我要娶的女人，可
今天晚上，我竟然怎么也想不起她的名字。

她家是城里的，如她所说："我是城里人。"她嘴
里所谓的城里人，就是像她一样从小生在县城长在县
城里的人。她并不知道，像她这样的人到大城市去，
别人照旧说她是乡下人，就像她说我是乡下人一样。
我不是在县城里长大的，照她的话说，我是在一个偏
僻的小镇上长大的粗野之人。因此，她这城里人的身
份在我面前就显出了无比的优越性。

她就住在离我小店不远的一条小巷里。她的家在

小巷的尽头，两间老房子，青砖黑瓦，院子里有棵枣树。夏天，枣树却不长果子，许是这树有年代了，老得结不动果子了。屋里阴暗潮湿，阳光很少能够进去。她早就没了母亲，与老父亲住在一起。

我开店的第一天，她来店里买早点，以后每天早上都来买，久了也就熟悉了。她长得并不漂亮，但却小巧精致。骨头精巧而细长，手上的皮肤白里透红。她浑身散发出一股潮热的香味，那香味是浑浊的，但却有着活泼而热烈的内容。

她每次来都自己动手取食物。她会伸出那双白皙漂亮的小手，从油条篮子里取出四根油条，再从铁锅里取出四个热乎乎的葱花馒头。馒头有些烫，她每拿一个就甩一次手，并且发出些小小的惊叫声，有时会先跺跺脚，然后再引出一串串的笑声。她把油条与馒头放进自己带来的不锈钢锅里，双手油腻腻的，捧着小锅就往外走。这时她会发现自己还没有付钱，便返回来，用嘴巴做着让我到她口袋里取钱的姿势。她穿着连衣裙，裙子左边靠胸口的部位有个口袋，钱就放在口袋里。我站着没动，母亲走过去取钱。她袋子里装的钱刚好是要付的钱，不多也不少。

她捧着小锅，慢悠悠地晃动着身体往回走。她走路时喜欢将屁股摇来摆去的，很有节奏感。每次准备转身进入小巷时，她都会回过头来朝我粲然一笑，我听不到笑声，但我相信，那笑肯定是一串串的。

有一天她来买早点，付钱的时候对我说："去看电影吗？"是试探性的口气，听起来却让人害怕。其实也不是害怕，应该说是紧张。

　　她有一双标准的凤凰眼，说话时眼睛喜欢往上翻，很妩媚的样子。她问完那句话后一直盯着我的眼睛。我的目光有些逃避，反应是迟钝的。我找不出理由拒绝，说实话，我为什么要拒绝呢。从小到大，还是第一次有女孩主动约我去看电影。

　　我很早便关了店门。

　　我要与她一起去看电影母亲也是知道的，她早就希望我能有一个实实在在的女朋友了，有女孩子愿意主动接近我，在她看来当然是件好事情。

　　看的是什么电影已经忘了。电影结束后，她让我带她去后街的一家小店里吃青菜肉末玉米糊。我也要了一碗，挺香。

　　吃完后两个人继续在大街上漫走，我的步子要比她快得多，隔些时候就被她叫住。"走慢点，怕我吃了你？"她边责怪边追上来拉我的手。

　　是的，她拉我的手。她的动作有些粗野，但我仍在那刻闭上了眼睛。她的手温热而又潮湿，我能感觉到自己的手在她的手里轻微地颤抖。我似乎听到一些声音，是雨水打在石凉亭上发出的声音，是蜜蜂的嗡嗡声，声音中夹着一些香味，是秋天野菊花在雨中散发出的香味。

她牵着我，很随意地说话，或者放肆地大笑。就这样牵着，一直到她家门口，她从我手里抽出手去，朝我挥了挥，跨门进去。

老屋的门在破碎而沉重的吱呀声过后，重归安静。她已经在门的那一边了。

我在她家门口站了一会儿。

天早已经黑透了，我靠在她家的院门上，周围有些腐蚀了的味道。是陈旧的木头的气味，是肉身早已死去的幽灵的气味。

那气味暗含了神秘和诡异。

这样的时候很适合抽支烟，烟火在暗处闪动的节奏和周围的气味该是一致的，但我不会抽烟。母亲不喜欢我抽烟，母亲讨厌抽烟的男人，她曾警告过我，让我离香烟远一点。高三的最后一个学期，紧张郁闷，我曾背着母亲偷偷地抽过几回，但不多话的母亲有时却精明多疑。我抽烟的事情最终还是被她发现了，她为此半个月没和我说过一句话。母亲用死一般的沉默来抗拒我的行为，是无声的折磨。这样的折磨让我内心长满了荒草，颜色枯黄，没有生机，无边无垠，有冷风从荒草上刮过，冷风刮在荒草上的感觉让我感到恶心。从那以后，我对烟彻底失去了兴趣。

小巷非常安静，偶有几串自行车的铃铛响，还有从老屋里传出的轻微而压抑的咳嗽声。

很多年前的白天，我也曾这样站在另一个女孩的院门口，但心境却与此时完全不同。我从没停止过对她的思念，那个夜夜渴望在梦中相遇的姑娘。

有了第一场电影就有第二场、第三场。可电影院里也不是经常有新电影看的，在没电影可看的时候，她就让我陪她去散步。也没地方可去，就绕着老城墙来来回回地走。

她嗓门很大，笑声很粗，一串又一串，接连不断，一丁点屁大的事，她也会莫名其妙地笑上个半天；她吃玉米糊时喜欢发出呼噜噜的声音；她爱穿艳俗的衣服；她有一头乌黑漂亮的长发，但她总喜欢折腾它们，将它们弄得怪里怪气的；她性格有时狂野粗暴，说一不二，任性；她还特喜欢对别人指手画脚。她与那个我每天渴望着能在梦里见到的姑娘实在太不一样了，但无论怎样，我在她面前仍有自惭形秽的感觉。

就如她说的一样，她比我小好多岁，是城里人，并且在城里有住房（虽然只是两间快要倒塌的老屋）。自卑的情绪就如一条野狗，它时不时会在我的身体里踢上几脚，由不得自己。

一个人脑子里真正想什么，全都会被身体生动地揭示出来，不管我费多大的劲试图去掩饰自己的感觉，身体总是会出卖我。她与我在一起的时间长了，就自然而然地看到了我深藏的自卑。渐渐地，她在我面前的良好感觉与日俱增。

她无法与那个我渴望在梦里见到的女人相比，但她却是一个鲜活的女人。一个每天都出现在我生活中的女人。一个对我抱有兴趣的女人。我，一个孤独的、自惭形秽的、沉浸于一段梦幻般绝望的感情之中的男人。

这样的女人和这样的男人在一起，总会牵挂点故事出来。

叁

　　早点铺开到第五个月的时候，她已经跟我混得很熟了。母亲对我说，这姑娘挺好的。母亲说她好，是因为母亲早就想我结婚了。

　　还是看电影。电影院出来后她说肚子饿了（她胃口很好，老是说肚子饿），想要找家小店吃炒年糕。青菜肉末玉米糊她早就吃腻了，炒年糕我会做。于是两个人就回小店了。

　　吃过炒年糕后差不多已是凌晨一点，我努力抑制着自己的哈欠，而她却在我身边不停地说话、不停地哈哈大笑。她是个精力相当充沛的女人。

　　睡意让我闭上了眼睛，穿嫩黄色蝙蝠衫的姑娘就住在我的眼睛里，事实上，我无时无刻不在追忆那些只有我自己才能体会到的美好时光。

"你在想什么？"她将脸凑到我的面前，眼睛里充满了好奇。我第一次发现，她的侧面比她的正面要柔和得多。

"我在想，再不送你回去天就要亮了。"我真的有些疲倦，过不了几个小时，我就得准备做早点了。

她笑而不语。店里的光线有些淡薄，是夜浸透进来的颜色。她将手伸到我的面前，她的手在光照中像鸟一样，那手最后栖息在我的头上，停了片刻，然后开始行走……额头、眉毛、眼眶、脸面的那几条深沟，最后在我的嘴角盘旋，并且划出一圈又一圈敏感的弧度。

女人眯起眼睛，笑起来傻傻的。

我看着她。她栀子花瓣般白而透明的脖颈处，有些朦胧的暗影。是夏天，她穿着一条紧身的小裙子，是圆领的，领子下面的世界透出一股潮湿闷热的气味，说不清楚的浑浊之气让人心痛，有窒息的感觉……我木呆呆地站在她面前。

她能感觉出我的笨拙，或许这样的笨拙惹怒了她。她突然用双手勾住我的脖子，将身体贴过来，仰起头，嘴角荡着笑，一副得意扬扬的样子。

"你想说什么？"她问我。

我知道她的意思，可我能说什么？我闭着嘴没说话。我的身体竟然是僵硬的，我一闭上眼睛，那个穿嫩黄色蝙蝠衫的姑娘就在我的世界里来回走动。真的要命呀！我沉默着。

她的手开始在我的身上游动，那是一双柔韧的小手，但它无比尖利，几乎可以掏出我的心脏，但我不知道该做些什么，或者说我不知道我该不该做点什么。

我有些害怕，这样的害怕有些匪夷所思。

小店里的闹钟在滴答滴答地走着，我的舌头此时变得异常干燥，像烘干了似的。屋外似乎有轻轻的脚步声，是穿蝙蝠衫女人的脚步声，她正从我的小店门口轻轻走过。我那被烘干的舌头让我产生了幻觉。

她皱起眉头："没什么了不得的，你想做什么你就做吧！"她有些不耐烦，似乎有点不达目的誓不罢休的样子。

她粗重的呼吸一次次撩过我的脸颊，我停止了关于另一个女人的想象……我是个健康的男人，我对女人的身体有着足够的好奇。

有一股冲动，源自体内的激情，与紧张、欲望、好奇、压抑混合在一起，它们汇集成一股力量，似乎想将我托起来。我听到自己心脏孤独的跳动声，同时也听到了来自于身体深处原始欲望的脉搏，声音疯狂而杂乱，穿嫩黄色蝙蝠衫的女人在这杂乱声中越走越远。

我还听到一个声音，就如一根发丝断裂的声音，某些压抑着自己的东西在这细微的声音中突然远去，我僵直的脊背慢慢放松下来。

我抱住了她，搂紧，再搂紧。

"噢！"尽管她压低了声音，我还是听到了。她的呼吸声变得粗笨急促。她在等待，而我却那样的手足无措……

一切都是小心翼翼的。

我的身体穿过自己心理上的胆怯，笨拙地到达了她的体内。在那里，我的感觉远远超越了我的身体，我在拼命追赶自己，可很快就败退下来，如此惊心动魄，却又羞愧难当。

整个过程中，她再也没有发出过任何声音来。她始终闭着眼睛，谁也不知她在想些什么，与她比起来，那张吱吱呀呀的小床倒显得过分热闹了。

一切都平静下来后，笨拙的我才发现她在这方面早已经有过尝试。她躺在我的小床上，看我惨败的样子，咧开嘴，朝我淡然一笑，我的身体在这不经意的笑容中完全垮败下来……

无论怎样，对我来说，这一夜有着历史性的意义。从某种角度来说，我已经不是原来的我了。与她有过身体接触后，我的身体每天都想碰她，我甚至能听到那些暗藏在深处与欲望有关的呼吸声，它们就像枯树枝折断时发出的劈啪的爆裂声。

在我的小店里，我和她又有过几次，与第一次不一样，后来几次都很成功。成功的性交会使人陷入依赖状态，身体里那些原始的欲望真正复苏，它是如此蓬勃，就如雨后春笋般长在身体的每一个毛孔中，不可碰，一碰便由不得自己。

我的"身体"开始依赖于她的"身体"。

是的，我开始依赖于一个瘦弱的脾气暴躁的女人的身体。那时候，她已经会在我面前发脾气了，她发脾气不需要任何过渡与理由。

她说："你总不能老住在店里，油腻腻的，闻着就让人烦。还有这张小破床，一动就发出声音，唱山歌一样，听着就恶心。"

确实有些不方便。我去租了一套房子，买了张新床。有了新床还得买全新的床上用品。我全买了绿色，我喜欢绿色，是受了那个穿嫩黄色蝙蝠衫姑娘的影响。生机勃勃的绿色，就如我身体里可耻无辜而又蓬勃生动的欲望。

屋子还没来得及收拾好，她就从家里搬出来了。她说她早就不想与父亲住在一起了，低矮潮湿的老屋她腻烦透了。包括她父亲，她也对他腻烦透了。整夜不停地咳，咳得她晕头转向。

我说："可不能这样说话，他是你父亲。"

"管好你自己的事，少操心！"她回了我一句。

自此，她算是与我正式同居了。无论怎样，这是我新生活的开始。我不再孤独一人，这突然被改变的生活多少让人觉得新奇，我对它充满了美好的希望。希望一切都会因此改变。

那个夏天几乎没雨。全国肯定有很多地方都在闹旱灾，但我对这些一无所知，我没买电视，也好久没买报纸了，那些日子里，我的生活根本不需要报纸。

同居了一个月后，我仍旧有些慌张和兴奋。她仍旧喜欢哈哈大笑，喝粥时仍旧发出呼噜噜的声响，仍旧是乱七八糟地穿衣服，仍旧稀奇古怪地折腾自己的头发，仍旧为一点小事莫名其妙地生气。我怕看到她生气的样子，她知道我怕，便故意用生气的方式来折磨我……

白天我在店里忙，她待在出租房里。她没工作，也不去找事做。她说她不想上班，她讨厌上班。但她生气的时候，她就说要出去打工，去很远的地方打工，一走了之。

我不让，我当然不让。我怕她离开后就再也不回来了，我的新生活才刚刚开始。夜晚如此孤单，我被折磨怕了，不想再一个人继续忍受，有个真实的女人陪在身边多好。也该有个老婆了，生儿育女，给生活带来最最世俗的希望。谁不这样过日子？我的同学早就做爹了。我能逃到哪里去，哪里不是日子？

所以，我无时无刻不顺着她。

她是一滴水，就滴在我手里，我小心地捧着，怕她从我手里滑落下去。她的脾气越来越大了，当我激情涌动时，她却冰冷相对，即便是在她脱光了衣服与我纠缠在一起的时候，也是如此。

冰冷只是一种表象，是她的一种姿态。她的身体真实地告诉我，她没有爱。但她却懂得将快感藏起来，她用最为传统的狡猾的方式告诉我，她是在为我做，她其实并没有这样的需要，她做了，是因为我要那样做。

　　我却又是不争气的，我知道她是在用她的方式操纵着我，可我仍顺着她，我想一切都会变好的，我有的是耐性。

　　像我这样的男人，已经习惯等待了。

肆

　　她有时也会对我很温柔。譬如有些个晚上，她会给我喂东西吃。当我筋疲力尽地从小店里收工回来时，一般都在晚上九点多钟左右。只要她没出去，肯定就在床上，她只要没事就躺在床上。房间里乱成一团，我换下来的衣服仍旧堆在绿色的沙发上，她的两条内裤、一件衬衫、一个胸罩与我的脏衣服搅在一起，两双黑乎乎的袜子掉在沙发旁边。

　　她披散着头发，斜倚在床上，眼睛盯着电视，满脸是睡眠过多后的憔悴。除了睡觉，她通常还喜欢躺在床上看电视吃零食。

　　她心血来潮时会喂些零食给我吃。她让我张开嘴，我就把嘴张得大大的。她笑着把手举起来，在半空中松手，让蚕豆之类的零食往下掉。我努力用嘴去接，接住了，她就会哈哈大笑，笑声一串又一串。兴奋时，她还会骂我几声"傻瓜蛋"！她的快乐是一个好的开端，至少当我想抚摸她时，她不会拒绝。

她站在床沿边，我蹲在地上。她非常认真地数出三十粒蚕豆，数完后说："这三十粒中，如果有五颗没接到的话，你就得去烧水，泡脚，要比平时多泡半个小时。"

我说："好的。"

我有脚臭，自己闻不到，但她说有，就是肯定有。每天从店里回来，我必须要做的一件事就是烧水泡脚，不泡脚不能上床。每天必须泡半个小时，这是她规定的，不然的话，脚上的臭气是消不掉的。

她让泡我就得泡，不泡不能上床呀。虽然心里烦，一百个不愿意，但仍旧要泡。泡多了，也就习惯了。所有的事情，一旦习惯了就好了。

她站在床上，我蹲在地上。她玩得兴奋，一粒一粒地往下扔蚕豆，扔到第二十颗时，我只有一粒没接到。那粒没接到的大蚕豆滚到床底下去了，这让我心痛。如果滚到别的地方，我还可以趁她不注意时捡起来吃掉，但滚到床底下，就不能去捡了，她看到会不高兴的。

她一不高兴就会张嘴骂人，骂我是只土老鳖，骂我是瘦猴，骂我是小驼背，"整个一农民"。她骂完后总要加上这么一句。

床头柜上堆着的零食全都是我买的，她喜欢吃零食，我就给她买零食，只要她高兴，零食我是买得起的，我买得起的东西，我都舍得给她买。她最喜欢吃五香蚕豆，我就一斤一斤地给她买，她吃不完了便拿来喂给我吃。

喂到第二十五粒时，我仍旧只有一粒没接到，她开始不耐烦了。她皱起了眉头，她故意把手移过来移过去，明明那只手在左边，我把嘴移到左边时，她却把蚕豆往右边扔，我没接到，我的头移得再快也快不过她的手。三十粒扔完时，我有六颗没接到。这是她要的结果。

她倒在床上大笑，我也跟着她笑。我确实很开心，因为自从与她有了那层肉体上的关系后，能遇到她这样高兴是很难得的。大多数时间里她对我都是不冷不热的，动不动还会嘲笑我几句，骂我笨，只会死守着那个小店铺过死日子，不动脑筋，没有闯劲，更没有野心。她经常说："一个男人没野心是多么可怕呵！"她说这句话时就像个哲学家。我只能在一边听着，不能还嘴。我如果还嘴，她就会发怒，会把床上的枕头、被子扔到地上，或者扔到我的头上来。扔到地上不算什么，她还会跳到被子上，用力地踩来踩去。我站在一边静等她发疯，等她安静下来后，我再把被子抱回到床上去。

有时，心里是悲哀的，它们像潮水一样在我身体里涌动。我只要一闭上眼睛，世界就是黑暗的。假如我真的在黑暗中坠落下去，我渴望那件嫩黄色的蝙蝠衫能像蝴蝶一样缠绕在我身边飞舞，如果那样我就不会感到害怕。可只要活着，我就无处可退。

所以，一看到她高兴，我就跟着高兴。她躺在床上哈哈大笑，笑得全身都在颤抖，那对丰满的大乳房随笑声起伏，看起来美妙可口。

这对我来说是致命的。

我很想朝她扑过去，用嘴咬住它们，或者把鼻子埋在它们中间，在快感中窒息。它们柔软饱满，让人心碎。我想用坚硬去安慰她，用温柔去折磨她。

可是我不敢，如果不顺着她的感觉就由自己如此冲动，她非把我的脸撕破了不可，她可是说动手就动手的。

她很喜欢看电视，我就给她买了个电视。她没事就看电视，她要看的那个电视连续剧马上就要开始了，这是她一天中最为重要的等待，她从床上爬起来，打开电视。

她看电视，我去烧水。趁烧水的时间，我整理房间，擦桌子，拖地。拖完地后，水也差不多烧开了。我把洗脚盆搬到床边，用凉水兑好，她坐在床沿旁，将脚垂挂下来，放进水盆里。是一双白皙的小脚，它们像鱼一样潜在白色的脚盆里。她边泡脚边看电视。我守在一边，水凉了，就给她的脚盆里添些开水。

她有时会让我给她揉脚，我蹲下身去，捧起那双白皙的小脚，小心地替它们搓揉。胖乎乎的小脚非常安静地躺在我的手掌里，我有时竟然会幸福得哆嗦起来。但是，她如果没说让我给她揉脚，我是不敢贸然蹲下身去亲近它们的，如果那样的话，她会生气，会将洗脚盆里的水溅起来，弄得我全身都是。

与她在一起的空间里，到处都充满了小心翼翼。

她泡完脚后，接下来就轮到我泡了。我要比平时多泡半个小时，因为我有六粒蚕豆没接到。泡好脚，我又去洗衣服，洗好衣服还得将它们晾起来。做完这些，时间已经差不多了，我上床躺下。本想看点书，但却静不下心来。我躺在她旁边，有微薄的睡意，可她身上的体香却熏得我心烦意乱。

香味如雾，将刚懂得鱼水之欢的我缠绕。我想让她把脚搁到我的身体上，我愿意承受这温柔的压力，我去拿她的腿，她的腿很修长，皮肤特别细腻，摸上去像蛇一样光滑。

可她狠狠地踢了我一脚，也许还觉得不过瘾，想了想又补上一脚，她最烦在看电视的时候被打扰。

她看的是描写一群女人与另一群男人不断发生错误关系的连续剧，女人们在电视里哭哭啼啼，男人们在电视里打打杀杀。

她特别喜欢看这样的电视，她动不动就把自己当作剧中的女主角，女主角哭她也哭，女主角笑她也跟着笑。她的笑是一串串的，颤动着美妙的回声。即使我睡去，我也会在梦中被她的笑声震醒，她可不管那么多。

她踢了我两脚后，我就不敢再动她了。她就躺在我的身边，她的体香、她的大腿、她丰满的乳房、她的呼吸全都是诱惑。电视剧里那些人说话的声音让我无比愤怒。我睡不着，只能闭着眼睛在床上躺着。身体的表象是安静的，内心却狂躁不安，诅咒一切。

我等，等她看完那几集破连续剧。我对电视不感兴趣，我讨厌电视里那些整天无所事事的男人们和女人们，他们好像从来都不工作，只会爱呀恨呀报复呀，哭呀笑呀上床啦！

我躲在被窝底下，满肚子的不耐烦。她小巧、可爱、令人心慌的身体就在我的身边，但却是不能碰的。电视里男人与女人的接吻声透过被子传到我的耳朵里，这声音简直就是折磨。我真想勃然大怒，把被子抛掉，对她发火，但这是不可能的，我做不到。

她对电视里的人们那么感兴趣，却对躺在她大腿旁边的我不闻不问。从脚趾头开始一直到头皮，有一条燃烧起来的路，我被裹在如火焰的滚烫之中。

她沉陷在白痴般的剧情里头，差不多忘记了我的存在。

电视剧终于播完了。

她起来去厕所，又喝了杯开水，然后洗脸、刷牙、擦晚霜，她在屋子里来回走动。我躺在床上等，总是会有尽头的。

她上床来了，在我的身边躺下来。

灯灭了，漆黑一片。我取下自己的眼镜，将它放在床头柜上。与她在一起后，她规定我必须在熄灯后才能取下眼镜，她说怕看到我没戴眼镜时的眼睛。

"你摘掉眼镜后，那双眼睛比死鱼的眼睛好不了多少。"她说。

她躺到床上来，背对着我。屋里很安静，我能听到自己的呼吸声。欲望在我的体内燃烧，愤怒比欲望还要强大，但我一时不知道该做些什么。我缩着热浪滚滚的身体，我的头颈处突然多出了几丝凉飕飕的感觉，假如我没猜错的话，那是来自脚底处的悲哀。

够了，我被自己折磨够了。

我毫不犹豫并且迅速地去拉她的后背，好让她翻过身来面对着我。她忸怩地翻过身来，很不情愿似的呻吟了一下。如果你不愿意你为何要呻吟呢？一个可恶的心怀鬼胎的女人，她也许一直在等待着我行动。她太了解我了，知道我会行动的。她只是在品尝着等待的滋味，她早就给她的猎物套上了圈子。

我将她拥进怀里，去占有她的嘴唇。我明显地感觉到她嘴唇上的抗拒，这样的抗拒其实是故意的，它带有强大的诱惑性，而我傻瓜一样以为自己正在强迫她去跨越那条横亘在我们之间的障碍。我抱着她，我无法放开她。我试图去搜寻她体内深处的想法，我希望自己的灵魂能与她的灵魂相接，由此除去自己的孤独。

　　她的身体做着拒绝的姿态，无论这是否是表面现象，但这看起来总是让人觉得可悲，我想停止一切动作，置她不顾，但肉体里深藏着的本能让我臣服在这份需求之下。

　　我的手指伸进她颈后浓密的发丝里，另一只炽热的手在她光滑的肌肤上游动。我的吻在加深，她在挣扎中颤抖。她终于颤抖了。

　　我解开她的睡衣并亲吻她的胸，我在亲吻中脱下她的睡衣，她躺在床上没动，仿佛是一块无骨的黏土，任我随心所欲地揉捏。

　　她的冷漠，让我难过。但我不想去计较这些，我为何不可以去无视她的感受。我强行粗暴地进入她的体内，不由自主地发出了声目眩神迷的呐喊。我渴望她能像第一次一样，能在那样的时刻发出些含糊的呻吟来回应我，可她却是沉默的。

　　我万般压抑。我胆怯怕事，那是长久压抑累积下来的结果，我需要有一个可以爆发的地方。在她的身体里，我可以彻底抛开一切，无比忘我。我的身体、我的灵魂都需要这样的时刻，我不想为难自己。我由着性子急切地蹿升到无法控制的高点，然后冲向死亡。身体迅速地带领着我到达战栗的巅峰，那一刻我感觉到，一切都是属于我自己的，我看见了我自己。

彻底燃烧。火焰熄灭。

我的意识恢复到正常的状态，身体的重量将我抛回到原来的位置。我很想说几句话，但她不开口，她继续着她的漠视。她闭着眼睛，转过身去，背对着我，她在她的世界中。

伍

　　我每天四点钟就得起床。从床上起来，明明脚已经踩在地上了，但感觉身体还浮在梦里。她睡得很沉，呼吸是均匀和谐的，小鼻子有节奏地微微张动着。那刻，她看起来是那么的甜美，就像一棵幼芽，被泥土含在嘴里……我对她心生柔情，但这样的柔情有时候显得如此多余。

　　我要赶在六点钟之前把面包、包子、葱花馒头、肉粽子、豆浆、油条等统统都准备好。母亲睡在她城里的妹妹家，她会在四点半赶过来帮忙。店里只要母亲能做的事，她总是与我抢着做。母亲心疼我，怕我累坏了。

　　"你累坏了，这店就开不成了。"我让她少干点活的时候，她总会这样说。母亲的声音是干燥的，没有多少水分。苍白的皮肤，没有光泽的头发，还有一双能容得下一切苦难的眼睛。她身体一直不是很好，经常生病。她在小店里忙忙碌碌的，几乎很少说话，她喜欢沉默，她已经习惯在沉默中生活了。是一个灰暗的、孤独的女人。

早上六点半到八点，是店里最忙的时候。我忙着下面条，母亲忙着收钱，洗碗。她在洗碗时，吃好了的客人喊着要付钱，不准备在店里吃的客人喊着要打包，母亲用被油水浸得湿淋淋、油腻腻的手去装早点，又用那双手去接钱，收好钱后，仍用那双手去装早点。客人看了，就说不卫生，下次不来了。母亲心里着急，慌忙去找抹布来擦手，糊里糊涂地从角落里找出一块用了好几个礼拜忘记洗的脏抹布。客人看看抹布便说："你的手比抹布干净多了，别擦了。"母亲对着他们尴尬地笑，一副抱歉的样子。

她每天早上要过九点才会从出租屋里出来，然后用散步一样悠闲的姿态慢慢踱到店里来吃早餐。隔壁几个开早点铺的老板娘经常会用羡慕的口气说："这才是老板娘的样子呢！"她故意将头一歪，并不与她们搭话，自顾自地进了我的小店。

到了小店后，我给她拿包子，她说已经凉了，不要。面包、馒头、油条，店里能有的早点，几乎都吃腻了。她说要吃蛋炒饭。只要她想吃，我都会动手给她做。我顺着她都已经顺习惯了，我只想好好对她，与她一起过安生日子。

　　她在等我炒蛋炒饭的时候，偶尔也会干点活，擦擦桌子什么的，不过经常是边干活边唠叨，一会儿说这儿脏得没法看了，一会儿又说那儿看起来实在让人恶心了。说这些都没什么，她说来说去就会把话头指向母亲，说母亲干活不利索，都脏成那样了也不整理整理，鬼见了都怕。她真是什么话都说得出口，有时我听了也觉得奇怪，这些话她是从哪学来的，之前怎么一点都没发现。吃完蛋炒饭后，她便回出租屋看电视去了，电视里有永远也看不完的故事，全都是别人的故事。

　　母亲非常清楚我在她面前的表现，母亲也只当没看见。那个女人在她面前说的话，母亲也全当没听见。母亲只顾自己洗碗扫地，但我能从母亲的眼睛里看到她的无奈与失望，她的无奈就是我的无奈，她的失望也是我的失望。

　　母亲自有她的想法，她心里是极不舒服的，但她不会说。我明白她心里想什么，她只要我能尽早结婚生子，为此，她能替这个不出色的儿子承受一切。她是个敏感而又细腻的女人，我怕看她的眼睛，那是一双能够看透一切又能忍受一切的眼睛。我能从她的眼睛里清清楚楚地看到自己，简直就是个臭脓包。

　　中午还有些生意，大多是炒粉干、烧面条汤、炒小菜之类的，也不会特别忙，到中午一点左右，差不多就没生意了。等客人走后，如果她没来店里吃饭的话，我还得给她送午饭，每次我都会特意为她炒一个小菜。

晚上还要忙上一阵子，等母亲把店里收拾干净，去她妹妹家睡觉时，一般都已九点多。母亲走出店门，疲倦的影子被路灯拉得老长，飘忽着在昏暗的路灯下渐渐远去，让人看得心酸。我想过去陪她走一段路，送她去小姨家，但我却站着没动。我知道母亲不需要这些形式上的东西，我走在她身边，会让她不安的，她心里已经装有太多的不安了。

父亲也在城里。他在城里有套属于他自己的小房子，但母亲从来没去过。我与母亲在城里开店，父亲也从没来过。

对他，我是陌生的。对我，他是陌生的。我从小与母亲孤苦生活，父亲只在过年的时候回来住一两天。他不笑，不对我笑，也不对母亲笑，我的记忆里没有他的笑容。

从小就是这样，只有母亲。她始终与我连在一起，她对我的爱连绵不绝。关于童年，很早就有了记忆，都是些特别的记忆。

三岁时，在屋后池塘旁边捡到一个鸡蛋，我想拿回去给母亲看，我把它当宝贝一样捧在手里，一路上都小心翼翼的，边走边想象着母亲高兴时的样子。就在屋后边的转角处，遇到一个比我大好多岁的男孩子，他可能是见不得我高兴的样子，随手打掉了我手里的鸡蛋。鸡蛋掉在地上，碎了。碎裂开来时，发出轻微的咔嚓声。简单的喜悦在瞬间消失，破碎声却一直留在记忆里。

四岁时，母亲去池塘边洗衣服。外面下着雨，怕母亲被雨淋湿，就从家里找了把黑雨伞给母亲送去。母亲蹲在青石板上搓衣服，她没注意到我。去池塘要走一个斜坡，路有些滑。是秋天，我撑着雨伞小心地往下走。风很大，雨伞也大。没走几步，人和雨伞一起滚到了池塘里。我在水里挣扎，我看到母亲站在青石板上傻乎乎的样子。她吓坏了。仍记得母亲那天穿了件碎花的淡蓝色外套，胸前垂着两根长长的黑辫子，很美。

五岁生日时，县城里的阿姨送我一把非常漂亮的冲锋枪。是我童年里得到过的唯一玩具，我整日整夜抱着它。有次我抱着冲锋枪与几个小朋友到屋外玩，他们把我带到了一个很空旷的地方，是小镇后面的垃圾场，垃圾场与我家有一段距离。一到那儿，他们就开始抢我手里的枪。我抱着不放，他们就打我，拧我耳朵，揪我头发，踢我屁股，我只知道死命地抱着枪。我始终做着抱枪的姿势，枪其实早已经被他们抢过去了。他们拿到枪后，互相间又争夺起来，枪很快就被弄坏了。枪弄坏后，他们便各自散开，跑回家去了。

偌大的垃圾场只剩下我一个人。垃圾场堆满了垃坂，到处都是，一层又一层。我蹲在地上，风声很大，我张开嘴巴沉默着，我知道自己是在哭，却哭不出声音来。气坏了。

从此，我不再出去与别的小朋友玩耍。我整天抱着那把弄坏了的冲锋枪，独自待在家里，家里没什么好玩的，实在闷得慌就在院子里玩泥巴。

隔壁人家的院子里有几株向日葵，金黄色的。它们白天朝着太阳，一到晚上就低下头来，我不玩泥巴的时候就会花好几个小时去注视它们，那几株金黄色的向日葵对我来说就是一个奇妙的世界。

它们在阳光下散发出独特的清香。我贪恋向日葵的气味，色彩……它是美的象征，它是另外一个世界。

我对母亲说："我们也种几株向日葵吧。"母亲摇头。

"为什么？"我好奇地问。

"我不喜欢黄颜色。"母亲说。

隔壁院子里每年都会种上几株，花开了，又谢了。在向日葵花开了又谢了的日子里，我慢慢长大，很快就到了可以上学的年龄，于是就背着书包上学去了。

我读三年级时，已经十一岁了，也不知从哪一天开始意识到身上比别人多了层东西，是危险的、讨厌的。是一些声名狼藉的事。我从街头上走过去，背后会传来一些嗡嗡声，它和父亲有关。父亲仍旧很遥远，仍旧不在家。母亲说他在铁路上做养路工，他的工作就是一天到晚在铁路边走路，走过来走过去，不停地重复着，一直到他退休或者死去。

有一天晚上，父亲回来了，那天还远没到过年的时候。父亲是晚上回来的，第二天早上我醒来时，母亲坐在床边流泪，而他已经走了。我能看见母亲的眼泪，却听不到她的哭声。我赶紧从床上坐起来，她流泪的样子让我害怕。母亲一把抱住我，突然有声音从她喉咙里冲出来，是憋久了的号啕声。我被吓住了，但我还是喜欢听这样的哭声，听她大声的哭泣总比看着她无声地流泪要痛快得多。

她边哭边说话。我知道父亲昨晚要走了她耳朵上戴着的那对金耳环，耳环是可怜的已经死了许多年的外婆留给母亲的遗物。父亲想要，母亲是不敢不给的，母亲甚至都不敢问他拿去干什么。

又过了些日子，是晚上，父亲又回来了，并且带回了一个女人。父亲回来时，我与母亲已经睡下了。父亲与那女人就睡在隔壁房间里。

隔壁房间里有父亲与女人发出的声音，有点模糊，又觉得清晰。母亲抱着我，不停地颤抖，眼睛睁得大大的。父亲和那女人进屋后，她就一直睁着眼睛，我想陪她醒着，可睡眠又无法阻挡，很快便在她颤抖的怀抱里睡着了。

夜里下了一场大雨。早上醒来，地上湿淋淋的。

母亲如平常一样早起，等父亲和那女人起床时，桌子上已经摆好了鸡蛋、稀饭，还有母亲特意到街头买来的油条。

"给她装碗稀饭。"父亲指着身边的女人对母亲说。我注意到了那个女人的耳朵，因为那上面有母亲的金耳环，我有想把它扯下来的冲动，但我不敢。

母亲坐着没动，不一会儿，便流下了泪来，她用眼泪来维持最后的那点尊严。那天她穿了一件蓝布衣服，与那个女人比起来，显得老多了。

很快便听到了父亲的骂声，我抬起头看父亲，就像隔着玻璃看缸里的鱼。他让我害怕，周围危机四伏。

他发怒了："给她盛碗稀饭。"

母亲仍旧坐着没动。那女人低着头，一直在看自己的手指。她在我的脑子里只是个模糊的印象，已经记不清她具体的样子了。知道父亲举起手来，手在空中一起一落，又一起一落。每次落下去，都会发出声响，与三岁时手中的鸡蛋被别人打落到地上时发出的声音很像。

父亲脸部变形的轮廓和母亲嘴边流出的血定格在我眼里。血气在空气中弥漫，它如一朵看不见的毒蘑菇，雾一般浸透进我的身体，化成稚嫩的恨。时间久远后，便凝固了起来。

我呆呆地看着，不敢相信眼前的一切。

也不知何时，父亲离开了，女人跟在他后面，高跟鞋踩在青石板路上的声音就如一个个浮动的幽灵，阴沉而暧昧。

母亲趴在桌子上，不停地哭泣。有些东西，早就可以死掉了。

后来我在街头听别人说，那个比父亲小十岁的女人，是寡妇。他们住在一起很久了，这次回来，是来逼母亲离婚的。镇上的人都知道，几乎所有人都知道。母亲的眼前有一张薄薄的纸，母亲掩耳盗铃式地以为，那张纸能遮住一切，能遮住她可怜的自尊。

母亲很少说话，对我也是。有些东西已经死去了，就死在她的肚子里。家里到处都是腐烂的、类似于死亡的气息，那气息日久积聚，厚厚的无法散去，我在这样的环境里学会了沉默。

父亲在他的小屋里守护着另一个女人的同时，母亲在冷清清的家里守护着我，同时还独守着一个妻子的名分，虽然那只是一个没有血肉的空壳，可母亲似乎从没想过要打破它，她是如此固执。

母亲的世界几乎只有我一个人，父亲的存在只是她心头一滴发霉了的痛。多年来，他是她夜不能寐的最直接原因。如今，三十岁还没成家的我，成了她心头另一滴潮湿的痛。

陆

　　我如此地顺从这个女人，不仅仅是因为我依赖她的身体。我的肩膀非常单薄，沉重的生活压力让我不得不紧贴大地。我希望能与她结婚，有个孩子，让母亲那滴潮湿的痛干燥起来。

　　我顺着她，将她捧在手上，可她动不动就说要离开我，因为我没钱又没本事。她原以为我都三十多岁了，又是独生子，应该有些存款，她原以为我喜欢看书，应该是个聪明的男人。事实全都非她所想，我没钱，我的行为与嘴巴都非常笨拙，我有着强烈的自卑感，我的安静与顺从，在她眼里也只是无能的表现。残酷的现实让我无法像年轻人一样凭空想象，我只能顺着她。我想她总会被我感动的，女人都是善良的，就如我母亲。我经常像哄孩子一样哄她，我对她说，钱以后肯定会有的。可她听了却说，再有钱，你还是你。我本来就是我呀，我不是我那我还会是谁？被她那么一说，我就有些犯糊涂了。

在没有与她同居之前，我们踏遍了县城的每个角落，同居以后，我以为会有更多的机会和她出去散步。但事与愿违，她再也不愿意与我一同出去散步了。

她喜欢上了跳舞。她去跳舞的时候，我就待在屋里干家务，或者读书看报，也不知从哪天开始，我继续了每天买报纸的习惯。

我喜欢读书。读文学类的书。我曾梦想过自己能成为作家，特别是在高中的那三年里，我几乎每天都想。我是学校文学社的社长，参加过好多次市里的作文比赛，获过好多奖，我还写诗，写所谓的杂文。我的诗在我毕业好多年后，仍然是我的语文老师读给学生听的范文。可高中毕业后，除了写过一大叠疯狂的、充满激情与绝望的情书外，我再也没写过任何东西。毫无疑问，我知道我在文学上永远都不可能取得任何成就，但这并不影响我喜欢读书。

已经过了十二点，她该回来了。我本来想去接她，但她出去之前告诉过我，让我别去接。她说，她的女朋友们会送她回来的。

快凌晨一点了，她还没回来，我准备自己先泡泡脚，实在也累了，早过了上床的时间。

调水温时，我突然有了一个奇怪的想法：就泡一只脚。

半个小时过后，门开了，她满脸红润地走了进来。

我有些生气，很想发作，但我什么都没表示。我只是说："以后最好别出去跳舞了，一个女孩子，经常出去跳舞不安全。"

她不理我。她歪起了头，微微向上仰起。她生气了。她反倒生起我的气了。我不该说那句话，我只能闭嘴。

她脱了衣服躺到床上。她小巧的身体暗香浮动。我原本的情绪在暗香中淡退下去，另一种火焰熊熊燃烧起来。我只能向我的身体投降，我甚至无耻地对她说："偶尔跳跳舞也是有好处的，你想跳你就去跳吧。"

她看了看我。她一看我的眼睛就明白了。她笑了笑。她太了解我了。她是个聪明的、邪恶的女人。

我的欲望让我的身体无法自由。我想与她性交。在地上、在沙发上、在揉皱了的床单上疯狂地性交。不是做爱，没有爱。我还想把她带到田野里去，夜幕上挂着星星。我脱光她的衣服，任我为所欲为。娇嫩美妙的肉体、星星、夜风、麦苗清甜的香味、远处河水叮咚的声音，那将会是一种怎样的享受呀。

但这是不可能的，她不可能让我那样做，她会鄙视我，会用上所有她能够想象出来的尖刻语言高声咒骂我。即便她内心里也有这种渴望，她也会假装出一副恶心我的样子。她会的。这就是她。

我陷在自己的欲望中。她不让我碰她，她一次又一次将我的手从她身上打下来。我只能不停地对她说，好吧，一切都听你的。一切都听你的。多么可笑啊。

那个出去跳舞的晚上，她最终还是妥协。我趴在她的身上，将所有内心的不平全都洒在汗水里，我疯狂地努力着，直到我快要失去最后的一点残余精力为止……与她性交完后，我问她有没有闻到脚臭。

她说："没有啊，你不是泡过脚了吗？"

"是的，我是泡过了，我只是怕还有脚臭，没臭味就好。"我说。

我有时会为自己下作的、卑微的形象感到羞愧，我也想在她面前表现得像个男人的样子：在她咒骂我的时候也回骂她几句；在她拼命踢我时也踢她几下；在她好吃懒做却还喜欢对母亲指手画脚的时候给她两巴掌……我希望自己能像个爷们一样站在她面前，让她仰视我，对我露出甜甜的微笑……

可现实生活中，我做不到。我怕她离开我。我已经三十岁了，长得矮小瘦弱还稍有点驼背，只有一个十几平方、随时都有可能关门的早点铺，没有存款，只有一辆破自行车。我是农村户口，是住在小镇上的一个地道的农民。我有一个经常生病的母亲，还有一个不管家的浪荡父亲。

　　我原来可以换一种心态，心平气和地与她游戏，游戏结束了，故事也就完了，但我不具备游戏的资本与心态。我是实实在在地，想与她好好过日子。

柒

　　她仍旧经常出去跳舞，她想去就去。

　　有一次，她喝醉了，推门进来时，我正坐在沙发上等她。我没看书，非常疲惫，没心思看书。她把手提包扔到沙发上，嘴边露出轻蔑的表情，漫不经心地问："还不睡？"

　　我没说话，愤怒在我眼睛里燃烧。

　　"我喝多了，喝多的感觉真好，你为何不骂我？你可以打我呀，不会打女人的男人算什么男人呀！"她哈哈大笑。

　　我知道，她是在挑衅我。日子也许太平淡了，她喜欢上了挑衅。她知道她可以在我面前任性，可以放肆，可以为所欲为。

　　她看起来醉得厉害，只要我一巴掌打下去，她就会立马倒地。我没动手，也不敢，如果那样，什么都完了。

我不想就这样完了。我说过，我没资本，但有足够的耐心。

她常常说要离开我，我很想让她怀孕，希望她怀上我的孩子。可她一直在吃药。我有时趁她高兴时说，我们生个孩子吧！可她会用很奇怪的眼神看着我，没结婚生什么孩子呀？我只能处处依着她，我想让她成为我老婆，让她能天天睡在我身边，让她与我的现实血肉相连。

我在自卑中凝固不前，时间疾飞而去，过去的日子坠落在黑暗的淤泥里不复出现。

我与她在一起已经半年了。母亲说想回去为我准备新房，她如此一厢情愿，但我却也没有阻拦。母亲回去给我布置好了新房，她为此花掉了所有的积蓄。母亲说，你该有个老婆了。

是的，很多时候，女人为了嫁人而嫁人，男人为了结婚而结婚。

新房布置好了后，我对她说："我想娶你。"

她说："我还没想过要嫁人。"

我一次次地问，她一次次地拒绝回答。这样的拒绝让我心有绝望。

我开始对她的身体充满了仇恨，一种无法占有的仇恨，与日俱增的被抑制着的仇恨。一边仇恨一边依赖，在矛盾中折磨自己。

每天早上醒来时，我总是害怕晚上回来她已经不在小屋里了，每天晚上睡觉时，我又害怕早上醒来后她已经不再躺在我身边了。

日子踮着脚尖向前走，我的世界里到处都写满了小心翼翼。

我每天都很不愉快，内心无比孤单，身体浸在忧郁里。细瘦的双腿支撑着略显笨重稍有驼背的肉体。我经常颤抖，令人难以置信的忧郁，我的眼睛找不到鲜艳的东西，灰色一片。

母亲一次次地问我要不要结婚。

我就一次次地去问她。

她开口了，她说要我拿三万块钱给她父亲。我就去找她父亲，我对她父亲说："我会对你女儿好的，以后也会孝顺你的，但我现在真的无法一下子拿出三万块。"屋子里非常阴暗，她父亲靠在椅子上抽烟，边抽烟边猛烈地咳嗽："我从来没有想过要你的钱，你待她好就足够了。"

那么，这只是一个借口。

不能就此罢休。我厚着脸皮，一次次地追问，我说，嫁给我吧。我自己都问得有些麻木了，眼睛里早就没了柔情。后来，被我问急了，她就很干脆地对我说："我愿意与你住在一起，但还不想嫁给你，过两年等你有钱再说吧。"

为什么不回答得再干脆利索点呢？过两年如果她再不嫁我，我就真成老光棍了，镇上像我这样大的男人全做父亲了，有几个人的孩子都已经上小学了。

这样的现实让我极不愉快，可我又能有什么办法呢？我陷入肉欲与娶妻生子的困境中。我到底指望得到什么呢？没有爱情，这是肯定的。

我想停止与她肉体上的接触，但我没法做到。我说过，我的身体由不得我自己，是悲哀的。我喜欢拥抱，有力而温暖的拥抱，我是那么的孤独。她太了解我了，我甚至能听到她在黑暗中从鼻孔里发出的嘲笑。

于是我体会到了最最深切的孤独，是一个肉体与另一个不被崇敬的肉体结合在一起得到满足后的孤独，凌乱的床铺上到处都是冷漠。

她生病了。

她莫名其妙地就生病了，去医院一查是急性肝炎。她没钱，她父亲没钱，只有我出钱，我也必须为她出钱。

我取出开店半年多来积存下来的三千块钱替她交了住院费，我只有三千元，以前的一点积蓄都拿来开店了，每月小店里最多赚两千块左右，除去房租水电费还有一千，还得给她三百元零花钱，还要另外给她买些零食、衣服、化妆品什么的，每月能留下几百元存起来已经非常不错了。

半个月后，医院那边又说要去交钱，我只得把冰箱、洗衣机都给卖了。对于这些，我并不在乎，如果能以此换得她的健康以及她对我的珍惜。我几乎每天都守在医院里，店也没法正常开下去了。后来医院又来催钱，我索性就把店铺转了出去。

她病好了，出院了。

我们仍住在一起，住在租来的小屋子里，但我没再与她的身体有太亲密的接触。她比以前更瘦了，皮肤也没什么血色，我得好好照顾她，每天早早起床，给她做早饭，买菜洗衣。稍有空闲，就坐下来看看书，她则躺在床上看电视。

她在我的照顾下身体日渐好转，脸上又有了红润之气。有一天晚饭过后，她说想出去散散步，闷在家里太久了，实在难受。

我说："我陪你去吧。"

她边穿外套边说："我想一个人走走，找个地方安静地待会，这对我的身体有好处。"

她这样说，我就不能跟着她了，不然她又要骂人了，我倒不是怕她骂，我只是怕她生气，这样对她的肝不好。

她从柜子里取出大背包，准备出门。

我问："出去散步还背个大包？"

"带着包方便，看到什么好吃的，可以顺便买点回来。"门在她身后关上，脚步声远去。

十一点半了，她还没回来。她这样的身体让我很不放心，我出去找她，到她可能去散步的地方找。街上几乎没什么行人，公园早就关门了。几条野狗在公园门口摇着尾巴喘气。

我绕着老城墙找了一圈。有清风和皎月，月光和城墙边的路灯混在一起，并不十分纯粹。已经很长时间没在梦里见到那个穿嫩黄色蝙蝠衫的姑娘了。梦到了又如何？是醉醺醺的感觉，与苦涩相似。

到处都找不到她，猜想她可能找她的小姐妹们聊天去了。我敲开了其中一个与她最亲近的女友的门。

那女人说："她晚上来找过我，让我陪她去跳舞，今天我有事，没去，她就走了，可能与别人一起去了。"

我站在她门口，不停地搓着手。是冬天，有些冷。被人欺骗的感觉并不好受。

那女人看着我，笑了笑："没事的，她肯定去跳舞了，到时可能会有人送她回去的。"

我可以心平气和地回小屋里等她，我可以当作什么都没发生。但是，没有什么比欺骗自己更难忍受了。我气愤的同时也担心她的身体，她出院才不到两个礼拜，我怕她身体吃不消。

昏暗的灯光下，舞动着一些精力过剩的身体。这个世界上有太多精力过剩的身体，那么多精力过剩的身体中，我到哪里去分辨我所熟悉的那一个？我是找不到她的，我也不用去找。全城的舞厅按规定十二点必须要关门的，那时她自然就会回来的。

我回到小屋后继续看书，或者说是捧着本书做个看书的姿势，以此来安慰自己。

到凌晨一点，她才推门进来，看上去精神很好。她一进来就说："我去跳舞了。"她放下包，脱去棉外套。

"舞厅不是十二点就关门吗？"我原本蜷缩在沙发上，身上盖了条旧毛毯。她进来后我便站起来，走到窗前将窗帘拉开。

窗户正对着街道。有个高大的光头男人在路灯下慢悠悠地走着，百无聊赖的味道，那是一场戏终了，字幕上来了，激情的残余还没彻底散完的味道。

"跳完后，与几个朋友一起吃夜宵了。"她脱了衣服后就往床上钻。

"你不累吗？"我问。

她摇摇头，没说话。

"看来你的病也好得差不多了。"我说。

"可以睡觉了！"她缩在被窝里，斜了我一眼。

我不再说话了，我也不想说什么。我有些虚脱的感觉，脑子里却鼓鼓囊囊的，不知道里面装了些什么东西。我脱了鞋子上床，脱鞋子时，才想起忘记泡脚了。那是我与她在一起后，第一次没泡脚就上床了。我也懒得去洗，还洗什么洗呀！只想倒头就睡。睡了，做梦了，说不定可以梦到些奇怪的东西，怪异的梦可以让人远离现实。

床上有个温暖的身体，一个真实而又陌生的生命。

有那么一点点温暖从她那边传过来。在冬天的被窝里，两个真心相爱的人互相搂抱着，说说悄悄话，彼此温存，那将是怎样的幸福呀。我躺在她身边，外面天寒地冻。

她在床上动了动，我想去抱她，我内心里有那么一点点渴望，但我躺着没动。被窝里冷冰冰的，她将身子缩了缩，她背对着我，她习惯背对着我睡觉。我有些轻微的紧张，怕她骂我脚臭。

她伸出手拉灭了床头的灯。我把眼镜从鼻子上拿下来，放在枕头旁边。我翻了一个身，也背对着她。她在被窝里又动了动，上床已经有些时候了，她并没有提起我的脚臭，或者她根本就闻不到。我自己也从来没有闻到过自己的脚臭，它原本就是不存在的气味。

我想让自己尽快睡去，睡去就会好受些，可我总觉得身上有些部位很不舒服。我在床上不停地翻身，翻过来睡不着，翻过去也睡不着。

她已经睡去了，她进入梦乡后就坚不可摧。她均匀的呼吸声在我的耳边嗡嗡作响，我痛苦地醒着，是什么东西阻挡在我的睡眠之前？

是习惯。我已经习惯每天泡完脚后再上床睡觉了，无药可救。

我就如一个没饮酒的醉汉，躺在床上想着芳香四溢的美酒。我是一个没泡脚的傻瓜蛋。我穿好衣服，从床上爬起来。

烧水，泡脚。我把双脚伸进温水里，世界安静下来。

我全身充盈着音乐，音符尖利、持久而又甜蜜。有温和的阳光洒在我苍白的肌肤上，我闻到金黄色的向日葵在阳光下散发出的气息，有唱不出的歌在喉间颤动，我张开嘴巴想唱出来，可却没有任何声音。我的脚穿行于树林之间，走在有落叶的小道上，树叶在身后飞舞。我看到了日出，听到了小鸟的歌声，还看见那个穿嫩黄色蝙蝠衫的女人朝我微笑着走来，那么清纯迷人，她离我越来越近，当她要靠近我的时候，我的身体却奇迹般地浮起来，在树林间穿梭飞行……

泡完脚后，我沾着枕头就入睡了。睡得无比香沉。我的脚踩在大地上，我在梦里放声歌唱。梦里，我孤身一人。

她去跳舞的第三天，我查出自己也得了肝病。她说她很怕，她的身体还很虚弱，她怕自己的病又会因我的病而复发。她以此为由搬了出去，我无法阻拦。她搬走后就再也没回来过，我也没想过她会再回来。

她终究是要离开的。

这是从一开始就非常明白的事实，但我仍心有幻想。

我带着病与伤痛回到小镇，与母亲住在空荡寂寞清冷的老房子里。自从我回去后，老房子里便充满了苦涩的草药味。

　　这个在我生病时离我而去的女人，是我第一个真正有过肌肤之亲的女人，是母亲为此给我准备好新房的女人。她给我留下许多东西，那便是我对女人的恐惧、害怕以及记忆中与她的身体缠绕在一起的感觉，这样的感觉仍旧残留在我的身体里，是一种伤害和折磨。除了这些，还有一个词："小心翼翼。"这样的小心翼翼，是一种不平等，是对自己的污辱。

　　我知道，我的思想与行为没有一处和这个女人相通，试图顺从与委屈自己来感动她，好让她与我结婚，与我相守一生，这只不过是一个过于实际又过于不切实际的幻想。

第二章　Chapter II

我往洗脚桶里添了些热水，水温一下子就上来了，有通电的感觉，转瞬即逝。就在这样的时候，我突然想起来了她的名字。曾经多少次，我会在她耳边呢喃：香，香，香……可每次都是我一个人茫然地叫着，她从不回应。那是段如此孤独的回忆，那么遥远，却就深植在记忆里，一想起来就觉得悲愤。母亲从厢房里走出来，我提起脚，从那段记忆里缓缓退出。母亲过来从木盆里舀出一半水来，又添了些热水进去，还在水里滴了点醋。母亲看起来比实际年龄苍老很多，她身体有病，一直在吃药。人越老，离死亡越近。走了，消失了。她来没来过这世间，除了有人会偶尔记起外，不再会留下任何东西。记着她的人也会死去，记着的人死去了，记忆也就断线了，她将彻底消失。

　　我对母亲说："去睡吧。"

　　"躺在床上也睡不着。"母亲的眼睛在烛光中有些浑浊，她眯起眼，坐在对面的椅子上安详地看着我："陪你再坐坐吧！"

水的热度又上来了，空气中飘有芬芳的醋香。因为醋香，就莫名其妙地想起了葡萄。第一次吃葡萄时，大约只有五岁。葡萄串上那些密密实实的葡萄，水晶般剔透的果肉，让我惊奇不已。那天傍晚，我拿着一串葡萄，一个人坐在屋后池塘边的柳树下，着了魔似的坐了很久。池塘里有几只鸭子，薄薄的夜色悄然升起，然后一点点厚起来，夜色渐浓。鸭子不知何时早已上岸，我朝四下张望，想起什么似的，自顾开心起来。我沉醉在葡萄的滋味中，新奇而甜蜜，这样的滋味，就如长大后第一次恋爱时的滋味。

壹

　　我听到了格飞的脚步声，她从十八岁那年秋天的落叶中一步步走来，沙沙作响，惊心动魄……

　　我们在同一个学校读高中。学校就在小镇上，离我家很近。她是从几十里以外的另一个小镇上考过来的。我读高三，她读高一。

　　我有时竟然会想不起她当年的具体模样，只是一个整体，一个并不清晰的整体。我似乎只能凭借回想的折光，才能在记忆里看清她的脸。穿过一些奇怪的物体和记忆，她脸部的表情才会慢慢地呈现出来，是一张白皙、健康、清纯、带有孤傲之气的脸。

　　那是初秋的早上，有点凉意。她与她的语文老师站在校门口的梧桐树下等我，等我和她一起去领奖，是一次全市高中命题作文比赛。

她穿了件嫩黄的薄毛衣，一条黑色的健美裤，一双白色的运动鞋。裤子与鞋都很普通，但那衣服很特别，衣身袖子连在一起，很宽松，像蝙蝠一样，远远看去，就像是风中的一朵向日葵。

她体形纤弱修长，几乎是瘦弱的，躲在宽大的衣服里，显得更加娇弱。阳光透过梧桐树枝照在她轻软蓬松的黑发上，也照在她那瘦长的脖颈上、她那微微倾斜的两肩以及稍稍隆起的胸脯上。

我有些不知所措，越过校门口那棵梧桐树的目光，落在了更远处的公路上。眼睛里的公路只是一条不成形的线，看不到具体的东西，全身却因了她的存在而觉得有些不自在。

这是我第一次见到她，她站在校门口朝我微笑的形象一直无声无息地定格在我的记忆里。我一想起来就觉得幸福，那是一种对美好事物充满向往的情感，这样的情感让我心醉神迷。

我们两个人一起坐车去县城领奖，一路上几乎无话。那次作文比赛，她第一名，我第二名。她的奖品是一台淡绿色的台灯，我的是一只黑色的钢笔外加一个粉红的软皮铅笔盒。领完奖出来，正是吃中饭的时间，去镇上的车要到下午三点半才有，我决定先带她去吃中饭，然后带她去公园坐坐或者去新华书店看看书。

中午吃的是面条，在一个靠近汽车站旁边的小饭店里。她坐我对面，等面条的时候，她拿我的软皮铅笔盒把玩，并时不时会问些问题，她问问题的时候喜欢加一些手势进去，随着她手的一起一落，黄色的蝙蝠衫像鸟的翅膀一样一张一合。阳光打在她的身上，衣服的颜色在阳光下发出金黄的光泽。我想起小时候隔壁人家院子里的向日葵，那些曾经给过我无数想象的金黄色的向日葵。那是另外一个世界，神奇而又辽阔……

她似乎对一切都充满了好奇，又似乎对一切都无所谓。她低着头坐在那儿，偶尔抬头和我说话微笑，随后又低下头去把玩手中的铅笔盒。

微笑是她的魔力，是她的方式。她抬起头，朝你看一眼，就像看陌生人一样，然而却是微笑着的。那一眼突如其来，出人意料，温和而羞涩，带着她特有的气质。微笑是柔和的，却又与你保持着距离的、带着傲气，含蓄中有狂野，与众不同，它就像玫瑰盛开在雪原般无边无际的世界里，寂静里孕育着狂热。

我似乎忘却了一切。她不看我的时候，我就目不转睛地盯着那苗条的身材、细长的脖颈和蓬松的头发，那微微张开的嘴、聪慧的眼睛、长长的睫毛，以及娇嫩的脸。

吃过面条后，我还是决定带她去公园。我喜欢公园里的安静，可以说说话，我有想要与她交谈的强烈欲望。

公园就在一条江的旁边，在一座小山上。以后的
岁月里，甚至在梦里，我时常回味那个有小雨的下午。

在公园里。

雨滴落在树叶上，滴落在凉亭的木头顶上，发出
低语。我陶醉于那悠然凄怆的情调中。那是漫无尽头
的秋日细雨，我在水滴的感叹声中不知不觉地开始了
生命中最初的关于爱恋的旅行。

雨滴落下来，轻柔、宁静、绵绵不绝。我与她坐
在凉亭的石凳上听雨滴的声音。满山都是松树，满山
的唰唰声。雨浇下来，压弯了凉亭前的野草，冲淡了
野菊茶的清香。我一直在说话，我不知道自己哪来的
那么多话。

她很少开口，她斜依在凉亭的石凳上看雨中晃动
的野菊花。她偶尔会转过来看我一眼，然后浅浅一笑。
脸上露出两个小酒窝，也就一瞬间，酒窝就不见了，
脸上的表情恢复了正常。仍旧扭过头去，目光落在雨
中凉亭边的野菊花上。我看到的只是她的表象，我不
知道她在想什么，对我来说，那是些神秘莫测的东西。

我不停地说话，无法迫使自己安静下来。我离她
很近，感觉有一股力量潜伏在我周围，是一股解放的
力量，它让我紧张，又似乎能把我从孤僻中解救出来。
这日下午，在秋雨中，这样的力量一直左右着我，就
像太阳左右着向日葵的方向。

因为紧张，需要不停地说话，我并不是想要表达

什么，只是怕停下来。我几乎被自己这突如其来的迷醉的感觉吓住了，为了驱赶它，我只能大声说话，听着自己说话的声音，多少能缓解些紧张的情绪。

后来，我竟然鬼使神差般地唱起了《水中花》。我一遍遍地唱着那首歌，高三那年，我一直在唱它。我知道自己的嗓音不错，唱得也很动情。她给我鼓掌，咧开嘴灿烂地笑，向日葵般的笑容，在潮湿的空气中闪闪发光。

风吹动松树伞状的树冠，吹起凉亭四角生了铁锈的风铃，风铃有节奏地发出清脆的声响。风的每一次吹动，都会触动我藏在胸膛里的那根特殊的心弦。有一个低沉响亮的音符在我体内震颤，在此之前，我一直不知道这个声音就深藏在自己的胸膛里。

很快就到三点了，我们起身，往山下的车站走去。如此不舍，万般的不舍，这时间也过得太快了。

买票时，我特意要了两张连在一起的坐票。汽车开出县城的时候，天又下起了雨。她坐在靠窗旁边的座位上，车开出一段路后，她说有点晕，不舒服。她将车窗的玻璃门拉下，有雨飘进来，打湿了她的头发。一路上，她几乎没说话，只是微皱着眉头，眼睛一直看着窗外，是一个很奇怪的女孩。

我坐在她身旁，那么近，甚至能感觉到她的呼吸。汽车在雨中喘息。我屏住呼吸，尽量不让自己的呼吸声打扰她，也尽量不让她觉察到我在观察她。她很专注地看着窗外，就像孩子一样，对我内心里的激情毫无防备。

路不太平整，车颠簸得厉害。车震动得剧烈时，她会皱紧眉头，她看起来很难受。我不知道能帮她做点什么？她扭动了一下身子，她的手无意中碰了一下我的手，轻轻地叹了一口气。

我不知道她叹气的声音为何竟能在我心中唤起那么多的温情，也搞不清为什么与她手的接触会令我如此甜蜜。

雨很大，车继续往前走，喘着粗气。我有些伤感，不是因为雨，是因为车很快就要到站了。回学校后，我便很少有机会与她交谈，我甚至很少有机会见到她。我高三，她高一，我们不在同一幢教学楼里上课。

车快到站时，雨停了。暮色雾一样地浮在小镇上空，我鼓起从未有过的勇气对她说："我快要毕业了，到时候，你送我一张照片行吗？"

她看了我一眼，似乎有些奇怪。我相信，我比她更紧张，但我又说了一遍。

她笑了笑，说："我不大喜欢照相，而且我也不习惯送照片给别人。"

我的心里有些隐痛，我知道自己的那颗心或许有些没形没状，但它的渴望却是这般的无辜和激烈。

车到站了。

车站离学校很近，我们步行回去。我走在前面，她在后面远远地跟着，与我保持着一定的距离。到学校门口时，我停下来等她。

我说："我回班里去了。"

她说："我也回班里去了。"

两个人彼此都没说再见，各自朝着自己的班级走去，有些轻柔而富有弹性的东西开始在心里飘忽起来，却又是沉甸甸的……

在以后的岁月里，那个甜蜜忧伤的下午，一直带着那份怀旧的潮湿的色彩，久久萦绕不去。一个内心波动的、被解放的、妖怪一样跑出来放纵的下午。

回学校两个多礼拜了，我一次都没遇到过她。我经常会在靠近她教室的小路上行走，希望能在不经意中遇到她，希望能看到她那带点羞涩、冷静、距离、傲气、却又如孩子般的微笑。早上做早操时，我在操场上搜寻她的背影，而我们班的队伍与她们班的队伍隔得有些远，加上我又是近视，看不太清楚，觉得高一年级队列里的那些个女孩子，哪个都是她，又哪个都不像是她。

那些个渴望与她偶遇的日子是不安的，徘徊的。每天心事重重，但却充满了期待。

貳

　　一个月后的某天傍晚，我从家里吃过晚饭后回学校晚自修。在学校门口，我遇见了她。我老远就看到她从学校里走出来，仍旧穿着那件金黄色的蝙蝠衫。我站在校门口等她，拼命深呼吸，看她一步步走过来，梦幻般的。她过来了。我有晕眩的感觉，手脚都是多余的，不知如何是好。她朝我看了一眼，很快就过去了，我几乎还没来得及想好如何开口。

　　当她从我身边擦身而过时，我看到了她的微笑、她那双明亮的眸子里躲藏着的羞涩、她那被夕阳照成金黄色的面庞，还有她那瘦削的灵活的身体。她从我身边快步走过去，就像谁在用鞭子抽打着她的小腿，一下子就离我很远了。她走路时像鸟一样张开双臂，金光闪闪的。那个情景此刻我依然历历在目，如此清晰，简直让我无法相信。

我站在学校门口的梧桐树下，一直看着她的背影消失在学校的围墙后面。围墙后面有条小河，她可能到小河边散步去了。那里倒是个安静的去处，我以前也经常去那儿看书，到高三时，就很少有这样的悠闲了。我很想跟着去，可我怕吓着她，她看起来似乎有些怕我。

我在梧桐树下站了一会儿，然后才慢悠悠地回到班级里去。有一束阳光从校门口一直追随着我，将我座位周围洒得一片金黄，那束阳光曾经洒在格飞那张有酒窝的脸庞上。我坐在座位上发呆，班里所有的人、所有的声音都消失了，我待在自己金黄色的梦幻般的世界。我开始享有并且独自消受着这份让我害怕却又让我为之激动的情感。

这是前兆。关于爱情。是一条漫长的路。

高中最后一个学期开学了，高三年级搬了教室，在学校最角落的那幢二层楼里。文科班在二楼，站在二楼的走廊上可以看到操场，她的班级就在那幢二层楼的隔壁。

我时时刻刻都想见到她，我了解过她班里上体育课的具体时间。透过栏杆的罅隙，可以看到她们在操场上列队，可以看到她在操场上跑步、跳远。有一次她们班的女生就在我们文科班的楼下投铅球，她也在其中，捧着铅球，一次次地往前投。看着那么瘦弱的她，心里有些怜爱。我走神了。老师注意到我的走神，走过去将教室的门关上，视线被隔断。对老师有着强烈的愤怒，课是听不下去了，根本无法集中注意力。

我经常晚自习前跑到操场边的杉树下坐着，在操场上寻找她的踪影，想象着她远远地朝我走过来的样子。也时常在下课时，站在走廊上，透过树枝绿叶，看她从教室里出来，与几个女孩子一起，站在操场边讲话。周围的男生指着她议论，议论她的才气和美貌，听到后心里充满了嫉恨，讨厌他们也认识她。

她的影子到处都是，浮在空中，伸手去抓，却是空的。我总是浮想联翩，黄昏的美景常常激起我内心的忧伤，我静坐在校园的某个角落里，深陷在自己的情绪之中。

有一次下课，看到她与同班的男生在教室门口打乒乓球，她在运动时比平时更美更有生机。她大声笑着，来回奔跑，脸色红润，扎在脑后的头发欢快地甩动。我躲在球桌旁边的梧桐树下，心里非常难受，以至于接下来的好几节课都听不进去。我把她与那个男生的关系想象成不同寻常的关系，我似乎看到她与他坐在同一张桌子旁听课，她与他埋着头讨论问题，她那小小的充满活力的乳房正搭在课桌的沿儿上……我的心跳在幻想的场景中加快，我在自己的想象中折磨着自己。

那天半夜里，我在压抑的梦中痛苦得呻吟出来。

梦里，我看到了她。在剧院里，灯光昏暗，强光照射在一个穿金黄色衣服的女人身上。女人的头发垂下来，遮住了脸，样子有些怪异。很多男人站在舞台下面，白天与格飞打球的男生也站在他们中间。他们围成一个圈，轮流着给她投玫瑰，女人不抬头，也不接。圆形的光圈里躺着许多红色的玫瑰花，残的，病兮兮的，却很刺眼。轮到那个男生给她投玫瑰了，很大的一朵，与他们的不一样的，是金黄色的。玫瑰像箭一样飞过去，划出一道闪亮的光。玫瑰刺进了女人的胸口，红色的血顺着金黄色的衣服流下来，滴落在女人脚边的玫瑰花上，空气中有新鲜的血的气息。她站在光圈中不停地扭动着娇弱的身体，刺到胸口的玫瑰似乎让她痛苦不堪。有音乐声响起，她的身体随音乐颤动，是舞蹈的动作。痛苦在音乐声中加剧，光圈在她身上来回摇晃。黑发仍旧垂下来遮住了她的脸，周围的气氛越来越诡异。音乐声也越来越重，在震耳的音乐声中，那个男生跑上去，跪在女人面前，将她胸口的玫瑰拔出，亲吻伤口。他用玫瑰将女人的头发向后撩去，露出一张脸，是格飞的脸。男生一只手搂着她纤柔的身体，另一只手拿着黄色的玫瑰在她脸上轻轻地抚动，她在光圈中微笑，是格飞式的微笑。羞涩的，有距离的，冷静的，傲气的，却又像孩子般甜美的。微笑在矛盾中进行，是独特的。我一直躲在剧院冰冷的石柱下，我两手空空，手上没有任何玫瑰，只能在她的微笑中痛苦地呻吟……

第二天到学校后，我动用了自己文学社社长的权力，以写文章为由，找来格飞班里的一个文学社成员，旁敲侧击地询问了他们班里的一些情况，包括那位与格飞打球的男生。得知，一切都很正常。事情过后，我发现自己的行为是如此的荒诞可笑。因假想引出来的妒意竟然能在我的睡梦里爆发得如此淋漓尽致，自己都为之感到惊奇。

她每隔一个礼拜回家一次，星期天，趁她教室里没有人，我把自己的两本书放进她的抽屉里，一本是《文学创作概论》，另一本是《文学百花园》。做小偷一样的感觉。

我在抽屉里发现了她的日记，我偷看了她的日记。我的行为非常卑劣，却不由自主。我渴望我的名字能够出现在她的日记里，但事实上那里没有我的名字。她的日记很简单，她把日记当散文来写。我还在日记里知道了她的生日。

还有两个月就要高考了。只有两个月了，时光飞逝。

我给她写了一封信。我笨拙地写道：您好！我可以问你要一张照片吗？我写好信后，放在她的抽屉里。

她没有给我回信。

只有二十天就要高考了。

我给她写了第二封信："您好！"我自以为是地在信里与她谈如何学数学、生物、化学、地理、英语、语文、历史，还谈了如何写诗。还把最喜欢的那首《水中花》的歌词抄下来夹在信里。星期天下午，我把信放在她的抽屉里。我在她的座位上坐了一会儿，是她坐过的凳子。我坐在格飞坐过的凳子上，这样的想法让我心跳加快，内心几近癫狂地兴奋着。有着奇怪的想哭的欲望，这样的欲望竟让自己哆嗦起来。我无法控制住这突然袭来的战栗，我被带进这种战栗的眩晕之中，犹如梦乡，越深越沉，我只能闭上了眼睛……

　　我在信里一再要求她给我回信，我怕她不愿将信亲手交给我，便嘱咐她把信拿到邮局里去邮寄给我。

　　等信的感觉焦躁不安。我对她的爱恋是个秘密，没有任何事情能像这个秘密那样使我陷入如此巨大的诱惑、甜蜜与恐惧之中，我在班里变得更加沉默。

　　她没有给我回信。

　　我在收不到信的时候诅咒她，迫使自己去厌恶她。我在心里诅咒她的声音像秋风一样咆哮，但没有任何效果。她就如刻在我脑子里一般，对她的思念带着无以名状的、神秘的、略有些刺人心痛的恐慌，我倾听着她在我心里扬起的音乐，我的心始终都随着音乐的旋律颤动。我被音乐声带向遥远的不可知的地方，那里到处都开满了金黄色的向日葵，阳光是玫瑰色的……

我偶尔会在路上遇到她，仍旧是瘦弱的，仍旧会朝我浅浅一笑。是她的微笑，唯有她的微笑能够刺激我的心脏，将我从冰冷的、封闭的、沉睡的状态中唤醒。我在可怕的想象中不得安宁，只有她的微笑能够让我平息。

她每次在校园里遇到我时给我的微笑，我都能清楚地记得它们发生在哪段路上的哪个位置。那是美妙的时刻。我在她的微笑中沉醉，我被它融化，以至于看到她时，我就先战栗起来。我焦虑的灵魂从她的微笑中看到透进来的光亮，我对金黄色的阳光充满了渴望。可怕的执着。

高考，应该全力以赴，而我像个溺水的人一样在她的影子里拼命地挣扎。

晚饭到晚自修中间有一段休息时间，我想安下心来认真地做几道数学题，身体却鬼使神差地坐在"教工之家"的风琴旁，那儿的窗户正对着女生寝室。我打开风琴，希望捧着饭盒站在走廊上吃饭的她能够听到我弹出的悠扬的琴声（情声）。我知道自己处在一种无法解释的境地中，琴声的终结是想恸哭一场的欲望。是压抑的，不能释放的。

高三男生寝室就在去食堂的路旁边，当别的男生趴在床上评价着每一个从窗口走过的女生时，我却等待着她的出现。当别人连课间休息的那点时间都捧着书看的时候，我却冒着有可能被老师骂的危险，跑到她教室前面的乒乓球桌前打一下球，并期待着她能从教室里走出来，希望她能看到我，能朝我淡淡一笑。当我在篮球场上气喘吁吁地奔跑时，多么希望她能出现在操场旁边的梧桐树下，自认为打球技术不错，希望她来，能在她面前表现表现，但又害怕她来，只能在不可抑制的想法中自个儿紧张起来。当看到她与女友在晚霞中向学校后面的小河边走去时，我就翻过墙头，赶在她们的前面，躲在桥墩下，听她的脚步声从头顶响过……脚步声就如踩在我虚弱的身体上，使我喘不过气来，心跳加剧，精神处在一种痴狂的状态……我靠在桥墩上，目光落在水面上，思想却在不可知的地方发呆，那个地方像早晨的雾气一般空茫，我待在那样的状态中，如痴如醉，要好长时间才能清醒过来。

高考结束了，落榜了。所有的功课都一塌糊涂，连最拿手的作文也偏题。我一点也不难过，早是预料之中的事。叹息。

但从此以后经常做梦，一轮轮地重复着。

梦里有相似的情节。一个装满水的喷水壶，却喷不出水来，壶边有一张高考数学试卷，我坐在那儿，没有一道题目会做，只能对着试卷发呆。有音乐声从远处飘过来，越来越响。音乐越响越想上厕所，于是走出考场由老师陪着四处找厕所，梦里没有厕所，找不到厕所只好返回教室。

只有水壶，只有考卷，房子四周的墙无声地倒塌，砖头碎裂开来，化成一层细泥土。有风过来，泥土在风里起舞，然后聚在一起，灰色的泥土，聚成一个鬼状的头形，一个又一个，不断变化。

音乐声又起，越来越激烈，想去厕所的欲望在音乐里膨胀。风越来越大，鬼状的头形向我聚集过来。

紧张，惶恐。灯在头顶破碎。一片黑暗，音乐声止。

音乐在我醒来的那刻彻底消失。感觉全身湿乎乎的，有冷汗，沉郁沮丧，类似绝望的情绪弥漫在床的四周。尿把小肚子撑得难受，胃里有一种压迫感。

是深夜，万籁俱静，屋子里空荡荡的。有钟的滴答声，母亲在隔壁房间里翻身，叹气。每次从梦里醒来后就无法再次入睡。

我在家里待了一段日子，一段无所适从、精神恍惚的日子。日子是沉默的，就像沉默着的母亲，就像沉默着的我自己。

闲着没事，就去一个喜欢画画的同学家玩。晚上与他一起到后山的瓜棚里守瓜，说是山，只是一个小山包。朝西的一面山坡被他父亲开垦出来，种满了西瓜。睡前两个人一起吃了一个大西瓜，半夜在重复的梦里惊醒，小肚子仍旧被尿胀得难受，便爬起来到瓜棚外小便。

撒完尿后，人也清醒了不少。天上一轮明月，清澈皎洁，满天的星星，整个宇宙全都在你眼前。远处的山、树、村庄在月光下呈现出淡薄的蓝色，四周一片寂静，是月光下特有的永恒的寂静。山坡下有一条小河流，能听到河水的叮咚声，青蛙在稻田里鸣叫。在寂静的月光下听这些纯粹的声音，有被震撼的感觉。

我望着那片月光下的瓜地，西瓜叶仿佛在月光下静微地战栗着，它们跟我心中勃发的隐秘的激情遥相呼应。我开始还在瓜棚边散了会儿步，再后来，我索性躺倒在瓜地里，头枕着地里的西瓜，整个人沉浸在月色里。

有清凉的夜风，月光是有声音的，就像小河流动的声音，它们在我身体上缓缓地流淌，它们像蛇一样攫住了我，如此宁静，甚至都感觉不到自己的心跳。

那刻，没有孤独，没有自我，一切都不复存在。我的存在与否可以与这个世界没有任何关系，月光不会因此而变得浑浊不清，它照旧那样透明。

有想哭泣、想死去的欲望。感觉自己像是躺在无人的世界中，肉体存在与否变得如此不重要。我知道自己是脆弱的，很多时候，我无法控制自己的情绪，对自己无能为力。可以让我害怕的东西实在太多了，美丽的，也包括丑陋的……

格飞的形象在月光下真实地飞扬，她是一只孔雀，盘旋在瓜地上空，羽毛在月光下发出金黄色的光泽，光彩夺目。是一只出类拔萃的孔雀。我的心绪在想象中宁静无比，我听到了月光下所有的温婉的声音。一颗动情的心灵在宁静中思念，令人陶醉的喜悦……

此生都无法再感受到如此的月光了。

画画的同学后来去省城读美术学院了。他很喜欢画西瓜，画过各式各样的西瓜，唯独没有画过月光下的西瓜。

叁

　　那一年，我们班考取了六个，两个本科，四个专科，在乡下的中学里，这就算好的了。我的落榜让老师们感到非常失望，很多同学都来找我一起去复习。我决定不再复习。对于我的这个决定，老师们也都很惊讶，语文老师还特意找我谈话，希望我能改变主意。他说："你是我教过的学生中最有才气的一个，我希望你能走得更远，并且能够在文学上有所成就。"

　　只有我自己明白自己究竟是怎么回事，我永远也不可能成为他所说的那种人。他是个有责任心的人，我曾希望将来能做一个像他那样有责任心的老师，但这样的梦随落榜而结束。

　　对于我不再复读的选择，母亲没有任何意见。

　　我想先做点小生意，母亲让我进城去找父亲，她说:"他毕竟是你父亲,你去和他商量一下,顺便问他拿点钱。"

犹豫了好多天,后来还是决定进城找他,是我第一次主动去找他。是雨天,到处都是湿漉漉的,到他那儿时,已经过了吃中饭的时间。

他的门是关着的,推不开。

我敲门,听到里面有轻微的响动,我又敲了几下,不敢敲得太重,心里有些紧张。

"谁呀?"是他的声音。

"吴川。"

门开了,只开了一小半,他堵在门口,只穿了一条紫红色的短裤,屋子散发出潮湿而封闭的气息,稠密的。

"什么事?"他有些不耐烦,脸皮上残留着几丝慵懒。

"我高考落榜了。"

"嗯!"他没任何表情。

"我不想去复读,想做点小生意。"

"随你自己。"他说。

我打着伞,站在门外。雨飘到我的身上,衣服都淋湿了,早已过了吃饭的时间,肚子饿得不行。他站在我面前,他是我父亲,同样也是一个陌生人。

"还有什么事吗?"他粗声粗气的,似乎有些不耐烦。

风吹在打湿了的衣服上，有些凉，我移动了一下身体，现在我可以看到他屋子里的场景。一台电视机，一张桌子，桌子上放着一个帆布包，两块西瓜，几个凳子，还有一张床，床上坐着一个穿背心的女人，她披散着头发，正朝门这边张望。

　　有股滚烫的气流猛烈地撞击着我的太阳穴，我浑身发抖，是一种厌恶的感觉，它盘桓在我瘦弱的体内，我每呼吸一次，它就强烈一点。

　　一个下流坯子。我朝他瞪起了眼睛，身体里似乎有一只嗷嗷乱叫的、想跳出来咬人的小兽。首先是对自己的折磨，然后是对他的愤怒，全都是疼痛。

　　父亲看到了我的表情，他回头看了看那个女人，关上了身后边的门。他站在门外，怒气冲冲地问："还有什么事，快说。"

　　我能说什么？我浑身发烫。还是走吧。我转身离去。边走边发誓，再也不会靠近这个鬼地方了。

　　我在街上吃了一碗两块钱的面条，我在吃面的时候格飞站在校门口朝我微笑的形象突然出现在我的脑子里，让我猝不及防地慌张了一下。慌张是因为害怕，我已经不再是个学生了，现实让我离她越来越远。面条的热气打湿了我的眼眶，眼泪因此溢了出来。吃完面条后去了趟书店，胡乱选了几本书，感觉身处于一片混沌之中，那件黄色的蝙蝠衫将我紧紧包裹着，裹得我喘不过气来。

坐下午三点半的汽车回家，仍旧是与格飞坐过的那趟车，仍旧是那个司机，仍旧下着雨。车开得很慢，我坐在窗户旁的座位上，是格飞坐过的那个位置。我将车窗打开，雨飘到我的脸上，有滚烫的液体再次从我的脸部舒展开来，一直流到我的脖子下面。

到镇上时，已经是晚上六点左右了。雨还没有停，天色昏暗。我下了车，打开伞，听到雨滴落在雨伞上时发出的凄怆的声音，那声音就像我内心里的声音一样，空洞渺茫。

车站的出口处，一把黑雨伞下，闪动着一个熟悉的瘦小的身影。是我的母亲。天还没黑透，光线有些暗淡，瘦小的母亲站在雨伞下踮起脚，朝车站内张望。有那么一瞬间，我真想抱着她大哭一场……但为了苦难孤独的她，我抹了把脸，微笑着朝她走去。

得先解决自己的温饱问题。我决定先做个菜贩子，一百元成本就可以了。每天下午骑车去县城进货，傍晚回来，第二天早上四五点钟起来把菜拉到菜场去卖，下午再去进货。贩菜时，我希望自己所有的想法都在脑子里沉睡，只做一个简单纯粹的菜贩子。

这样忙忙碌碌，虽然辛苦，一天却也能赚二十来块钱。八十年代中期，老师的工资才三百元左右，二十来块钱，那算是多的了。我把每天赚来的钱交给母亲，相当满足。

生活似乎就是这样，但也不全是。

肆

　　走出校园后，很多东西都变得具体和现实起来，唯独对格飞的思念有增无减，无法排遣。

　　常去语文老师的房间坐坐，旁敲侧击地打探一些她的消息。星期六下午，在去县城进货前挤出一个小时，借口打球，跑到学校里，希望能遇见她。有时一个人偷偷站在校园对面的树底下，用目光追随她，看她伴着夕阳消失在校园深处。她常在礼拜一中午休息时间到街上买东西，我便提前到朋友的理发店里，从镜子里偷看她与女友走过的身影。在路上遇到一个女孩子，只要神韵稍与格飞相似，心跳就会瞬间加快。喜欢在傍晚进货回来后拖着疲惫的身体到学校后面的小河边垂钓，因为溪边的小径上常有她与女友散步看书的身影。与她有关的一切，如此尖利、持久而且甜蜜。

离校快半年了，圣诞节那一天，我给她写了第一封信。这样做，需要无上的勇气。爱情的花在我体内绽放，不可阻挡。

我说："你好！抱歉，把您字写成你字了。"

我在信里与她谈文学，其实自己都弄不懂什么是文学，只是为了找些废话说说，说完一大堆废话后再祝她圣诞节快乐。我给她寄了张圣诞贺卡，还给她寄了一套复习用书，是我自己用过的。对我来说那套书已经是废纸了，但我想对她也许有用。

她给我回了信，信是寄到我家的。收到信的那刻，我似乎看到了朝阳，远远地，在地平线上升起来，大地一片绚丽，阳光汹涌而来……

这是她给我的第一封信，只有几行字，表达谢意和问候。字并不漂亮，但可以透过字迹看到她骨子里头的傲气。

第二年的正月初十，几个在外面读大学的老同学放寒假，他们约好来看我。我们一起去野外玩，还带了一个相机。野外回来时，在小镇的街头遇到从店里买了东西出来的格飞，那天是她们开学的日子。几个老同学都认识她，大家都曾在寝室里议论过她，他们在旁边怂恿我给她拍几张照片。我也非常希望能有一张她的照片，情急之下，便举起相机朝她匆匆按了几下快门。

她本来很安静地朝我们这边走过来，我相信如果不出意外的话，她还会朝我微笑，我梦里都渴望的微笑，但我突然举起相机给她拍照的行为吓怕了她，她用手遮住脸，像受到惊吓的小鹿一样抬腿便跑。

　　她受惊后的目光让人心有寒战，觉得自己被一双无形的手掐住了脖子，几近窒息。但在周围同学的起哄下，我又有些兴奋，为将拥有她的照片而兴奋。

　　相机里还留有五六张底片，胡乱地给他们拍了几张，便将底片拿去冲洗了，结果给她拍的那两张照片叠在一起，无效。失望是真实的，除了失望，内心的焦虑不安开始显现。那天晚上，做了一个梦……

　　一段挂满黄灯笼的走廊，长得似乎没有尽头。走廊两侧有白色帘幔在风中飞舞，时不时将我缠绕。走廊里除了飞舞的布幔外，没有任何声响，空气里到处都是孤独的气息。

　　风很大，灯一盏接一盏地被风吹灭了，黄色的光泽在黑暗中一点点隐去。远处似乎有乌鸦的叫声，又像是人的冷笑，我的身体在冷笑声中骤然缩紧，大口吸进的空气也是冰冷的。没多久，最后一点火苗在墨色的黑暗中跳动一下，很快就熄灭了。

　　月亮就在此时出现在走廊的西侧，有一层乳白色的月光薄雾般弥漫在走廊周围，月光让在黑暗中穿行的人倍感亲切。一阵清越的乐声从天际传来，抑扬顿挫，随风飘荡，或近或远，穿透无尽的走廊，穿透距离。

　　她从走廊深处飘过来，影子一样，逐渐靠近。她穿着那件鹅黄色的蝙蝠衫，朝我伸出了手来，音乐的节奏变得舒缓有致，她离我越来越近，我能够看到她的微笑，浓雾一样看不透的微笑。她的眼睛、鼻子、眉毛、嘴巴在月光的朦胧中清晰可见。因了她的出现，无尽头的走廊里便充满了诱惑。我朝她跑去，她就在我面前，离我非常近，我伸手可及。她就在那儿，可我怎么也够不着她。她就在我面前，她朝我微笑，伸手可触，可就是够不着她……

伍

　　已经有一个多月没做生意了，从没出过远门的我只为了等待一个出门的机会。走出小镇，去陌生的城市，去寻找一些自己并不十分清楚或者根本就不知道的东西，就是觉得应该走出去。

　　机会终于来了，经人介绍去省城的一家大工厂上班。本来星期四就该走的，可有心愿未了，故推迟到星期日。

　　在即将离开故园之际，最希望的就是能与格飞见上一面，说几句话。这样的愿望在内心里折磨着我，几乎要将我的肉身撕裂。

　　我又提笔给她写信，自偷拍事件后，是第一次给她写信。我在信里向她解释了拍照的事情，我说那照片是无效的。我还说，希望能带上她的照片远行。是的，我是多么想带上她的近照离开故乡，在陌生的城市里翻看她的笑脸，会是安慰。

我约她星期六傍晚六点在校园外小溪边的石桥上见面。晚上，我将信寄了出去。明天就会到她的手上，她会不会觉得烫手？格飞，别拒绝我。

那天是四月十八号，我记得非常清楚。礼拜六通常都在下午三点钟放学，三点之前，我爬到小镇邮局的楼顶，站在那儿，可以清楚地看到学校的大门，以及校门口的那条公路。星期六，她有时会回家。如果她回家了，那她就拒绝我了。三点钟很快就到了，心情极度紧张，胃有些痛。我多么希望她能在我离开家乡走上寂寞旅程之前，陪我到校园外的小溪边随意走走。我希望能看到她朝我微笑，就像去城里领奖的那个下午，在公园的凉亭里静静地朝我微笑。

三点十分，校门口开始出现回家过周末的学生。时间稠密，心跳加快，手脚发麻。三点三十分左右，她骑着自行车出来了，出了校门后，她转向西边，往她家的方向骑去！

看到她出现在校门口的那刻，竟然有些晕眩感。我扶住身边的栏杆，到处都是乱哄哄的声音。

她害怕我？她讨厌我？她觉得我很烦？她被那次拍照的事吓坏了……或者她对我根本就是不屑一顾、畏而远之？事实已经证明了一切，所有的猜测都毫无疑义。她的自行车已经上了公路，她在镇医院门口停下来，她蹲下身去系鞋带。也就一会儿，她上车继续前行，一点点地远去。绿荫逐渐吞没了她瘦弱的身影，公路与车人同化。

我原本就应该保持沉默。

倚栏而望，风卷衣裳。

我本不想奢求什么，如离弦的箭，无论能否射中靶心，箭都已没落，听到的只是呼啸的过程。世事如海，码头是起点或终点，无论是起点还是终点，都已经没有了辉煌，真正的生活只在海面上。

心一直往下沉，似乎有泪在脸上虫子般挪动。她在公路上消失，没有任何痕迹。失落。痛苦。心酸。压抑。我从邮电局的楼顶跑下来，一口气跑到她的教室，我在她的座位上坐下来。痴呆呆地坐了很久，没了第一次坐在她座位上的感觉，更多的只是失落，到处都是萧瑟之感。

当时她的座位在窗户边第一排第一位，窗外是乒乓球桌，是梧桐树，再过去是操场，操场那边是杉树林，杉树后面是围墙，围墙后面有条小路，小溪沿路而行。溪对面是起伏的小山坡，山坡上种了许多桃树，正是桃树开花的季节。

我看她在乒乓球桌旁与男生打球，晚上被梦惊醒；我在教室里上课，看娇弱的她在操场上投铅球，心生怜爱；她与女友坐在杉树下看书，我远远地看着她们，感受着自己的心跳；她到小溪边散步，我翻墙而过，我躲在桥墩下，听她的脚步声从桥上响过……

恍惚中一切好似昨日……

夜色从窗外飘浮进来，我离开她的教室，母亲早已经准备好晚饭等我了。吃完晚饭，收拾行李，整个人仍陷在她失约的感觉中，惘然，麻木。

那晚，我一个人去看了场电影。电影院里没几个人，周围空荡荡的，忘记是什么电影了。坐在电影院里，看着幕布上的人影在机械地晃动，开始从痴呆的感觉中慢慢复苏过来，心里有了痛感，还有些与愤恨有关的东西在心里游荡，丝一般细，烟雾一般缥缈，不过也就一会儿，便消失了。她是没有错的。

一夜都无法入睡。尽管夜色如墨一样覆盖着我，覆盖着屋内的一切声音，但内心喧闹的破碎声彻夜不停。我在黑暗中睁着眼睛，她微笑时露出的那两个小酒窝就像星星一样挂在我的床前，金光闪闪。

我自认为自己是一个狩猎人，却掉进了自己的陷阱里。

陆

　　第二天早上，独自在母亲的叮嘱中上路，注定是寂寞的旅途。坐在火车上昏睡，在另一个陌生的城市中醒来时，眼角还挂着故乡的泪珠。

　　火车停靠在省城的车站，我的脚踩在坚硬的土地上时，心里却有虚浮的感觉。格飞的微笑在脑子里清晰地浮动，我带着她的微笑，走进另一个完全陌生的世界里。

　　是在一家大型的汽车零配件厂上班。在车间，站在机器旁边，工作十个小时，不能随便走动，不能随便说话，不能随便上厕所……

　　我在厂里没有朋友，也不需要有朋友。都是来自各地的年轻人，可我从心底里对他们不屑一顾。他们无知可笑，空余时间从来不读书看报，说话嗓门大得要命，晚上睡觉时除了谈女人还是谈女人，动不动就说揍死谁，真有事发生时却胆小如鼠……所有的这些，都让我厌恶反感。

我的脸色比以前更加苍白，人也比以前消瘦，吃得很少，睡眠不好，时有噩梦。到工厂后，就经常感冒。久而久之，我似乎已经习惯了自己感冒的日子，那些不感冒的日子反倒有些不正常。在厂里待久后，我也开始习惯了工友们的行为。也许一个人孤独够了，我内心里渴望与他们接近，但由于我这易于激动的性格和生性敏感多疑，我跟谁也亲近不起来。

我是陌生的人流中一张孤独的脸，一个稍驼的背，一只落伍的雁。

公司对员工非常苛刻，工时随意增加，任务加重，计件单价一再压低，无缘无故地罚款，菜票涨价。那么多人都逆来顺受，怕失去饭碗。他们说，不这样又能如何？是的，我也问自己："不这样又能如何？"其实我与那些自己曾经不屑一顾的他们没任何两样。

不如意的工作环境，残酷的现实，只有想象仍旧存在。每天晚上，忙碌过后躺在床上时，格飞的微笑像鱼一样在枕头边游动。我枕着她的微笑入梦，金黄色的蝙蝠衫蝴蝶一样在梦里飞舞……

在省城读大学的同学知道我来省城打工后，偶尔会结伴到工厂来看我。星期日时有聚会，他们谈文学，谈校园里的趣事，谈国家大家，谈女人和咖啡，他们的思绪无边无际。他们经常在谈话的过程中放声大笑。我在他们的笑声里变得更加沉郁，心底有层无法释怀的自卑，它们凝固在那儿，冰块一样。任何聚会都无法消除我内心深处紧囚着的孤独，格飞在枕边游离不定的微笑让我的孤独长成了老茧。

我也会在休息日去他们的学校。他们陪我参观学校的图书馆、操场、体育馆、学生公寓、多功能教学楼，我们在学校的林荫小道上散步。格飞在路的那头朝我走来，微笑，世界上最特别的微笑，她从我身边擦肩而过，长发抚过我瘦弱的肩膀。当我清醒过来时，发现她不是格飞，是另一个陌生女孩，是这所学校里的学生。在学校的草地上，我脱下鞋子，将脚伸进草地里，我闻到了青草的香味，到处都充盈着音乐。是唱不出口的歌声，我张开嘴巴，歌声从我嘴里无声地飞出来……

这弥漫着浓郁青春和文化的校园气息，对于我，就如梦幻般不真实，我与它有着不可超越的距离。震耳的轰鸣声在耳边响起，是机器声。我只是一个前途渺茫的打工者。读大学真好。格飞还只是个学生，大学里的一切都将会是属于她的，如果因为我的缘故而耽误了她的学业，我会歉疚一辈子，她也会怨我久远。当我认识到这一点，已经有些晚了，我在她那件黄色的蝙蝠衫中飞得太远了……

唯有掩埋自己，唯有沉默。可我不能停止想她，来省城的三个月后，我请假回了趟老家。我接到请束，是语文教师的婚礼，回去不仅仅是他的婚礼，最主要的是想见见她。

我请了假，只有两天的时间。一早出发，当天赶上语文老师的婚礼。没等婚礼结束，我就出来了。我去了学校，刚好是晚自修时间。

我站在窗外。她坐在中间第三排第二位，她低头翻书，左手时不时会有节奏地敲打桌子。修长、白皙的手。我一直站在窗外，目光在她身上凝固。

我不敢打扰她。能这样安安静静地看着她，我已经很高兴了。在窗户边站了一会儿后，我还到乒乓球台上坐了一会儿。下课铃响了，沉寂被打破。铃声过后，是男生们兴奋的声音，与当年一样。我在铃声过后起身离去。

那天晚上，她穿了一件米色的衣服，头发用一根牛皮筋系在脑后，与她坐在一起的是莫文。

莫文我从小就认识，她也住在小镇上，每天上学都要从我门前经过，个子不高，长得也不怎么样，但嘴巴挺甜，遇到我时总要叫声："吴川哥。"

第二天晚上，她们班里举行英语烛光晚会，在学校后面的小山丘上。我去了，站在暗处的桃树下，远远地看着烛光里的她。她在烛光里微笑，与其他同学说话。轮到她时，她站起来，走到场子中间，在烛光里唱歌。是首英文歌，她的嗓音清脆悦耳，歌声过后便是掌声。

心里的酸涩沉甸甸的，她是那么的美，我有些害怕。脚踩在地上，我却害怕地面的坚硬。这种感觉是那么的虚无却又是那么的真实。

当夜，我坐车离开小镇。回省城时刚好赶着上第二天的中班，到处都是震耳的机器声，机器声里夹杂着她的歌声。

很快又是一个九月。我那一届复习的同学又考上十来个，都是些以前成绩没我好的学生。他们与我一样也来到了这座城市，我仍旧待在机器旁，他们则进了大学校园。他们来看我，他们像前面那届考上来的大学生一样在我面前侃侃而谈，他们口沫飞溅。我唯有沉默，我只是一个漂泊者而已。

我的沉默是冰冷的，自知与他们的距离越来越远，或是因为自己妒忌、自卑。不过无论如何，结局终归是一样的，我与他们已经不是同一类人了。聚过几次后，各自散了。

孤独地飘在异乡，事业、感情一片空白。曾经也后悔当初为何不选择复读一年，却又怨不得谁。有时安慰自己，他们毕业后也照样上班吃饭睡觉，是好是坏，都是一生，何况此时还不知道谁好谁坏。

十月二十五号，我又回去了一趟，母亲病了。我回去时，她已经住进了县医院。医院离火车站很近，但父亲没来，只有小姨一个人在医院里守着她。小姨说，她去找过他，他给了小姨一点钱。他说，他很忙。作为母亲的男人，这就是他全部的理由。

母亲很虚弱，脸色苍白。她软绵绵地躺在病床上，疾病让她脸上的皱纹又加深了许多。我在医院陪了母亲三天，寸步不离地守着她。我知道，我的存在是她的一切。三个日日夜夜，我一直守着她，有我在她身边，她好得似乎很快，差不多可以出院了。她说，你去上班吧。

我离开之前去了趟学校，我不可能不去。我知道，我是个意志薄弱的人。去的时候仍是晚自修，我白天不敢去，我怕她看到我。到学校刚好遇上下课时间，我穿过学校的林荫小道，在操场那边的杉树林里站了一会儿，等上课铃响了后，我站在她教室的窗户外用目光寻找她。她不在那个教室里，我有些不安。我用目光寻找莫文，她也不在。后来才发现，已经换了一批新的学生了。她们搬教室了，搬到以前我读高三时的那幢小楼里。她们班在一楼，她的座位是窗边第二排第一位。

她在看书，她抽了一下鼻子，她抽鼻子的样子非常可爱。她动了一下身子，然后将左腿放在右腿上。她是个小精灵。四周非常的安静，书被她一页页翻过去，我甚至能听到她翻书的声音。日光灯温和地沐浴着她，那是她的世界。

我几乎可以感觉到她的呼吸，有热气朝我这边逼过来，那热气就如一层柔软的海绵物体。我闭上了眼睛，就像做梦一样。意识在渐渐地飘远，空气很柔和，是她呼吸过的空气，梦的气息在周围缠绕，我为之而陶醉……

　　站在窗外看了许久，终是不敢去打扰她。每看到她一次，我的痛苦就加剧一点。无人知道这种感觉，内心空荡荡的，痛苦风一样在里面横行霸道。

柒

　　过年只放五天假。

　　火车非常拥挤，人如潮水涌动，车厢里散发着各式各样的闷热气味。颠簸了一天，背着包到家时，已是晚饭时间。母亲正坐在桌子旁吃晚饭，暗淡的灯光，将母亲瘦弱、修长、孤独的影子印在墙壁上。

　　第二天就是大年三十。我去了趟学校，学校的大门紧锁，校门口的梧桐树上挂着几张没掉下来的黄叶。我绕着学校的围墙走了一圈，然后在桥墩下坐了一个上午，思念无边无际，似乎有几百年那么漫长。

　　这天的傍晚时分，父亲穿着黄色的军大衣，空着双手回来了。

　　彼此没有任何交流的，他看了看我，我看了看他，如此而已。晚上坐在一个桌子上吃年夜饭，几乎没有说话的声音，空气凝固。从小到大，一直都是这样吃年夜饭的。母亲偶尔会对我说一声：多吃点菜。声音是含糊不清的，有些压抑的味道。他不看我和母亲，只顾着自己喝酒，一口又一口，很投入、很享受的样子。

酒是母亲自己酿的香醇的红米酒，色泽透亮。母亲自己不会喝酒，我也不喝，但母亲每年都要酿酒。一年里总有那么一天，会有人坐在桌子前喝酒。

他喝了很多酒。美酒，遇上一个嗜酒的人，如鱼得水。喝够了，他用手抹了抹沾着油渍的嘴巴，从椅子上站起来。他走路有些不稳当，是喝多了。他踉踉跄跄地出去，他每年三十夜晚上都有固定的去处，那地方赌气冲天。

一个人的一生是由许多个锁链组成的，父亲也是锁链中的一环，他让我觉得压抑，可我却无法挣脱，因为他是我的父亲。

我帮母亲收拾完桌子就出门了，街上也没什么人，有几个玩小鞭炮的孩子，他们互相追赶嬉戏，无忧无虑。每户人家门上都贴着大红的对联，是喜庆的日子。我一个人在街上慢悠悠地闲逛，没有目的。年的气味中夹杂了陈腐的、麻木的、落后贫困的微弱气息。气息是从黑暗的角落里散发出来的，也可能是从自己身体里浸透出来的。

一直不停地走，莫名其妙地离开街头走向另一个地方。脚竟然也能辨认出情感的出处，我在校门口停住了。我靠在梧桐树上，有鞭炮声在远处的空气中涌动，我闭上了眼睛，想起那个初秋的早上……

近处，远处，所有的声音都像潮水一样退下去，周围一片寂静。

那个秋日的早上，是第一次见到格飞的早上，是能够在我的生命中发出亮光的早上。体形纤弱修长的她穿了件鹅黄色蝙蝠衫，她藏在衣服里，娇弱可爱，圆脸上滚动着一双干净的大眼睛，看着她的眼睛，能听到小溪流水的声响。她就那么无声无息地站在校门口微笑，微笑穿透时空，让我为之赞叹……

格飞此时在干什么呢？她或者正坐在桌子前和家人吃年夜饭，或者一边看着电视一边甜甜地微笑，或者正在街头看别人放鞭炮……所有的形象全都叠在一起，是模糊不清的。多么渴望能知道她的一切，对我来说完全是陌生的、不可知的一切。

我靠在梧桐树上，神色阴沉而忧伤。鞭炮声不绝于耳，急速、热闹、喧哗。远处小山脚下的村庄里，鞭炮声汇成一片隐隐的轰鸣。

父亲赌博还没回去，母亲仍旧在家里忙碌。因为有翻天覆地的鞭炮声，家里显得更为清凉。即使是过年，与平时也没什么两样，只是多了一个吃饭的人而已。

母亲总是沉默。她不会抱怨，她也不习惯抱怨，如果能谩骂，能拍着大腿哭喊，或者用其他的方法去对付那个我称他为父亲的卑劣的家伙，对他造成一些危险和伤害，想必也会让他有所改变。坦白地说，也许会更糟，也许父亲连过年这天都不会回来。但是，总会有所改变的，不至于像现在这样压抑。

吵闹，打架，痛痛快快、歇斯底里地破口大骂，也是一种享受。可母亲不会，她总是沉默。她已经习惯沉默了。

母亲的生活是一个裂了缝的球，有些裂缝可以隐藏起来，表面上别人是看不出的，但母亲那个球上的裂缝谁都能够看见，只是她不愿意相信已经被别人看到了。她不会说离婚两个字，她坚决不从，用命抗之。

从心底里害怕过这种死气沉沉的年，本可以留在厂里加班，只是放心不下家里的母亲。

开着的电视机独自在那儿嗡嗡作响，没人理会它。我脱了鞋上床，将台灯移到床里面来，放在枕头旁。我趴在床上看书，我沿着文字的台阶，一步步进入到另一个世界里。

电视机里传出新年的第一声钟响，随后便是满天满地的鞭炮声。这样的时候，是如此孤独。

我在寂寥中放下手里的书，盖好被子，准备睡去。突然心生一念，明天一早骑车去看格飞。

鞭炮声一夜不绝。外出赌博的父亲一夜未归。

新年第一天，母亲将早饭准备好，坐在桌子旁等他。他回来了，不洗手当然也不洗脸，坐下来就吃，吃过后便匆匆回城去了。走得匆忙，却不忘将那两坛子红米酒带走。他走之后，我也推着自行车离开了家门，家里又只剩下母亲一个人了。

骑了两个多小时的路程，穿过无边无际的茶园，坐汽船渡过一条江，格飞居住的小镇就在江对岸。

小镇不是很大，有一条老街，铺着青石板路，那青石板是有年代的。小镇的东北角有一座古塔，也是有年代的。塔顶上挂着风铃，风过，铃声清脆。

问路人，哪是格飞的家？路人用手指了指街头转角处那幢二层红砖楼房。

是什么东西，牵着我的手，让我一步步靠近它？我在院门外，她在院子内。她在看电视？看书？也可能正懒洋洋地躺在床上还没起来。我离她那么近，只有几步之遥。我可以敲门进去，但我真的不敢。

我站在院子外，就像站在茫茫的黑暗中，单薄敏感的身体微有颤抖。我希望自己是个隐形人，穿过大门，靠近她。我可以向她伸出双手，触醒她的某根神经，这根神经一直沉睡在她的心底，等待着被唤醒。

我希望她能出现在院子里，能让我看到她那天使般的脸庞，但又怕她出现，怕她看到我这鲁莽的身影。

我站了许久，最终没见到她。不想离去，但必须离去，已是吃中饭的时间，觉得饿了。准备离开时，院子的门突然打开，走出一位妇人，个子不高，衣着得体，脸庞清秀，眼睛似乎是熟悉的，那里有格飞的影子。无疑是格飞的母亲了。面对着那扇打开的院门，我手足无措，呼吸急促起来，我渴望被格飞发现又害怕被她发现，身体在不安和紧张中变得虚弱无力。门很快就被出来的妇人随手关上，她随意地打量了我一眼，朝西走去。

我也随即离开。

我想找个吃饭的地方，可新年第一天，镇上所有的小饭店都关着门。我在一家小卖铺内买了包蛋糕，推着车在街头盲目地走着，离那幢红砖房越来越远。不觉中走到小镇的后面，那儿有一座小山，满山的松树，满地金黄色的松树丝。我在一棵大松树旁坐下，蛋糕，加上松树丝的清香，是顿不错的午饭。

吃罢蛋糕，躺在地上，伸展开四肢，闭上眼睛，松涛阵阵。我身下紧贴着的这块土地，也许格飞也曾紧贴过，彼此僵硬的身体都曾在这慢慢舒展开来，与土地融在一起。

我在心里不知疲倦地歌唱。歌唱我的《水中花》。一遍又一遍，歌声在我体内轻柔地飘荡，似春风中的柳枝轻抚，这是快乐的充满阳光的时光。

我躺在满地柔软的松树针叶上，沉浸在松叶发出的芳香中。感觉格飞就坐在我身边，我握着她白皙的小手，与她轻柔地交谈。就这样，不知不觉中睡着了，醒来已经是傍晚。我骑上自行车，往自己的小镇飞驰而去。

捌

　　这年的清明节，我又回来了。并不全是因为放心不下母亲，而是为了她的生日，她二十岁生日。我在省城给她买好了生日礼物，一串玻璃做的紫风铃。

　　她仍旧在那个座位上。我站在她窗外的那棵杨树下面。她在做数学题，她转过身去与后面的男生说话，也许是讨论问题。那男生长得很清秀，皮肤白皙，戴金边眼镜，看起来斯斯文文的。我认识他，他哥哥与我是同一届的，他爸是另一个小镇的镇长。我有些嫉妒，我莫名其妙地讨厌他，坐在那个位置上的人应该是我。如此，那该多好！

　　我站在树荫下，那里很暗，没人会注意我。我与她只隔着玻璃，一扇透明的窗户。她看不到我，她在灯光下。周围散发出一些香气，若有若无。是被阳光晒干净的衣服的气息，是绿色的气息，是学校里特有的气息，是青春健康的气息，是未来无限美好的气息。

这样的气息让人悲伤，它已经不属于我了。我在窗外站了许久，在悲伤中感受着幸福。她就在我的眼前，触手可及。我感觉自己的手穿透玻璃，握住了她的手，她朝我微笑，于是我伸出手去抚摸她的头发、她纯洁的脸庞、她的嘴唇，小心翼翼地亲吻她……

是不能够的。瞬间，这样的想法让我不安。它一直潜藏在身体中最隐秘的、最深层的地方，它是被禁锢着的，是不能去惊动的。它让我羞愧。是不能够的。我被自己折磨得疲惫不堪。

时间刺痛了我，就快下课了。慌乱中我伸出了手，我听到了手指敲在玻璃上发出的声音，声音不大，但真真切切。

她听到了，抬起了头，朝窗户外面看。我从树后走了出来，我走到有灯光的地方，朝她挥了挥手。我看到了她惊讶的表情，她站起来，然后是开门声，她朝我走了过来。

来得那么突然。令人窒息。

暗淡的路灯下，我能感觉到她身上金黄色的光芒。她站在我面前的每一个动作，她说的每一句话，我至今仍然记得，她就像向日葵花一样怒放在我的面前，金黄色的我的梦中之花。

我们站在窗户底下。灯光昏暗，雾一样浑浊。

我很紧张，身体有些虚浮，几乎无力自持。她淡淡地微笑，但看得出对我抱着戒心。我不知道自己说了些什么，迷迷糊糊的，我只感觉自己的嘴唇有些轻微地颤抖。

我听到手中那串紫色的玻璃风铃叮咚有声，声音清脆悦耳。我在风铃声中清醒过来，我说："生日快乐！"

停顿了一下，我又补了一句："一定要收下。"

她看了看我，有些犹豫。我将风铃递到她的面前，她接过去了。我在急促的呼吸中松了一口气。

她抿嘴笑了下，那笑里带了明显的羞涩。我的心在那刻颤动了一下，有些痛。她说："谢谢。我该回教室了。"

她转身离去，带着我的风铃。一路风铃声响，清清脆脆。与她相聚只是一分钟，也就一瞬间，就成了过去，永不复返。

看着她离去的背影，我很想补充一句："风铃代表爱。"但我能说吗？我能说吗？……

我经常会回忆起那个送风铃给她的晚上，我在回忆的忧伤中得到满足。那个场景永远都是那么的清晰，只要我一闭上眼睛，她就站在那儿，接过我的风铃，羞涩地道谢。

可是，我记不起那晚她穿什么衣服了。真的，对此，我一点印象也没有。

第三章

Chapter Ⅲ

水再次凉下来，又朝里添了一些开水。

水温升起来，体内有沸腾的感觉，火辣辣的，却让人心动。这样的感觉从脚趾一直往上，寒战随之而来，将我团团包围，并且旋转而上，直至我的头皮，在头顶盘旋了片刻，再次回转下来扼住我的喉咙，随后松开，在深处轻轻荡漾开去……

壹

　　我身体所依附的这个城市与我思想所依附的肉体是一样的，一样的让人害怕。肉体是因为它的丑陋，城市是因为它的冰冷。在省城打工的漫长岁月里，当深夜独处难以入眠时，我就感到害怕。

　　枕头边全都是机器声，可以杀人的机器声，不知道这样的日子什么时候结束，也不知前面的路是否还有转弯的可能。毫无生气的生活。下班了，累了，脱了衣服躺在床上，是一个苍白的没有多少感觉的肉体，是一个不幸的肉体。床上没有暖意，我躺在那张冰凉的床上，嘴唇干燥无比。

　　整天整夜的机器声，在这样的声音里生活，同样也是会死人的。想离开这个厂，却不知道能走到哪儿去，因为害怕，只敢待在原来的状态中，这是目前最好的最安全的办法。厌恶这样的生活，却一时无法逃避。

在厂里我没有可以交流的对象，因为沉默惯了，也不愿意与别人说话。后来我在外面租了一间小屋，搬离了集体宿舍。小屋里就一张床，有一张床就足够了。一半睡觉，一半放书。休息时，我经常去书店，在书店里可以享受到片刻安宁。有放不下的书，就给它买回来。书是死的，安静，很多个睡不着的夜里，我打开它，在文字里与死去了的灵魂无声地对话，文字给了我另一种生活，孤寂的心灵在书里得以暂时的解脱。

合上书后，夜色水一样包围过来，屋子里除了自己的呼吸声外，听不到任何声音。孤独无休止地撕扯着我的心，它是如此的恶毒。

关于格飞，她的存在就可以构成对我的折磨，我在自我折磨中渴望，渴望有一天她能靠在我怀里，对我露出天使般的微笑，渴望能够在疲倦时挽起她的手，一起穿过故乡小镇的街头，到学校后面那条小径上散步，去看小溪，望斜阳。

只是渴望。

机器声震耳，永无休止，这就是我的日子。这永远都不会是格飞的生活，她面前的路有很多条，我不知道她会选择哪一条，但无论怎样，我们的路是不一样的。

又是七月。是痛苦的快乐的悲伤的无望的让人精疲力竭的七月，也是阳光灿烂的七月，是金黄色的七月。这年的七月是格飞的七月，是让我更加自卑的七月。

她考上了。那所大学不在省城，在另一个城市。我在街头用公用电话给莫文打电话，听到莫文说她考上的那刻，我的目光正落在电话亭对面的一幢高楼上，但我的眼里没有高楼的具体形象，我的感觉全都集中在左边胸口处，那里揪心的痛。疼痛持续了好长时间才慢慢恢复正常，然后是真心地为她感到快乐。身体里有着双重的感觉，矛盾地转化着。

她离我越来越远。可梦仍在继续，天还没亮。天亮前，梦不会醒来。还有一段很长的路要去走，还有一段很长的时间要去穿越。

贰

　　九月是格飞开学的日子，也是莫文来省城找工作的日子。莫文落榜了，她写信来，让我给她在省城找份工作。我用了好几个休息日的时间去了许多家职业介绍所，工作实在不好找。城里大多数职业介绍所被取缔了，原因是非法经营，乱收费，介绍按摩小姐、三陪女等等。能有什么好工作？一个小镇出来长相一般的女高中生，能做些什么呀？不外乎是做保姆、商场的营业员、酒店的服务员、服装厂的工人、理发店的洗头妹、美容院的按摩师、灯光暧昧处的小姐，但并不是每个人都可以做小姐的，也不是每个人都会去做小姐的。

　　莫文来了，来的那天，我去车站接她。刚好是新生来学校报到的日子，接站的人很多，全都挤在一块，我个子矮，被别人挤在中间，各种气味熏得人晕头转向。

她出来了，提着红色的大旅行包，站在车站的出口处看着黑压压的人群，惊慌失措的样子。我从她脸上的表情看到了第一次来省城的自己，心里竟然颤了一下。她在人群中四处搜索，满脸茫然。

我挤到她旁边，先伸手去拿她的红旅行包，她竟然吓得惊叫起来，她以为谁要抢她的包，低着头拼命与我争夺。等听到我的声音时，才欣喜若狂起来，又蹦又跳，一激动，还朝我胸口打了几拳。是一个真实直性的女孩子。

带她回厂里，晚上暂时让她先与厂里的一个女工挤一挤。那女工也是老家的，比我大几岁，为人挺善，也只能如此，等找了工作，再作打算。

我原先给她问好了几个工作，第二日便请了假带她去面试，最后被一家商场留用了，在皮鞋柜卖鞋子。算是十分顺利了，在商场工作，工资低了些，环境还算不错，包吃包住。

她住的地方离我住的地方不算太远，互相便可以有个照顾，一个女孩子，初来乍到的能帮忙的地方尽量多帮忙。刚开始答应帮莫文找工作，很大一部分原因是因为莫文与格飞是好朋友，与莫文接近，便感觉在形式上离格飞近了许多。莫文来的第三天，我便无意中从她那儿知道了格飞那所学校的具体地址。一个地址，便是一个幻想。

十月，我给格飞写了一封信，自那次约她在学校小溪边见面失败后的第一封信。不敢说别的，只是向她问好，祝福她。她竟然给我回信了，除了问候，还向我介绍了她的那所学校，以及大学里的生活。我能从信里看到她的微笑，听到她的笑声，尖利而持久，我似乎还看到她穿着淡黄色的裙子在学校的林荫道上散步的身姿，她那刚洗过的还未完全吹干的头发散发出清新的气息，阳光透过枝叶，斑斑点点地洒在她那张泛着健康光泽的脸上，神秘而美丽，我又觉得她应该坐在教室里听课，眼睛明亮而又专注，或者坐在图书馆最角落的座位上静静地翻动着书本，她是一道风景，所有的一切都在她的周围暗淡下去……

想象能驱走我的忧愁，睡前躺在床上，将信放在胸前，不需要再看，信的内容早已经倒背如流。就让它静静地趴在我的胸前，万般温存。在寂静孤独的夜晚享受着想象带来的快乐，让情感在想象中灼伤自己。是温柔的痛。有时，也会想象格飞身后那些男生的目光，那些可怕的目光会让我内心疼痛无比，因疼痛颤抖的身体在残酷的现实中感受着无望。可笑的嫉妒像火一样被扇动起来，胃里有着沉重的压迫感，躺在床上翻来覆去，无法入睡……

又过年了。平时日子是静止的，过年时，日子却是流动的。日子流动的感觉让人觉得可怕，口腔里有股寂寥的苦涩，是年的苦涩，不想回去。

莫文要回去，她早就念叨着想回去了。休息日，我让莫文陪我上街给母亲买了件外套，买了些补品，让莫文回去时带给我母亲。我还在外套的口袋里放了些钱，用信封包好，给母亲过年用。

我准备留在工厂里加班，想多赚点钱，我已经开始存钱了。我想去学一门手艺，到她学校所在的城市里找份工作，可以离她近一点。离她近一点，我就可以去看看她，还可以请她出来吃顿饭，我想她不会拒绝的。其实也就那么简单，不敢有别的奢求。即使不请她吃饭，不去见她，因为与她同处一个城市，没有了空间上的距离，心理上便会少些恐惧与寂寞，就这一点，也足以令人神往了。

年夜饭是在厂里吃的。这天，父亲是要回去的，他仍旧会喝酒，是母亲酿的酒，仍旧会去赌博，仍旧一夜不归。这就是他。

年夜饭后，我一个人去了城市的中心广场。是城里人的广场，我只是一个漂泊的局外人。烟花很美，转瞬即逝。夜景很美，是别人的夜景。我一直是不安的，不知道为何不安。周围很多人，很多陌生人。他们说话，他们欢笑，小孩子们互相追赶，不停地叫喊、歌唱，而我的内心世界是如此的空旷寂寥。

一个人在广场上闲逛，是无聊的，还是回去睡吧，那间租来的冷冰冰的小屋，有一张冷冰冰的床等着我，还有一本翻开来却没看完的书，还有一个不知道什么是尽头的梦。

寒冷的城市，我像一座冰冷的雕像，眼睛直直地看着前方。我在风里与自己赛跑，我的头颅冷冰冰的，那里有风的声音。我微有点驼的背上负载着沉重的命运，上帝会对我起恻隐之心吗？……

我偶尔写信给格飞，不能写得太紧，不能让她烦。保持距离是一种礼貌。她每封信都回，也只是礼貌的问候，但我已经很满足了。

莫文经常来我住的地方，借书，或者帮我洗衣服。她是一个简单实际的女孩子，没有徒劳的幻想，也不会摆出自负的样子来，她对现在的生活似乎很满足。天气好的时候，我也会与她一起出去散散步。一起散步时也没什么话可说，说的最多的是格飞，当然每次都是我提起的，我总是不由自主地就提起她。我喜欢听她说格飞，我也喜欢在她面前谈格飞。她与格飞经常通信，我希望我说的话能出现在她写给格飞的信里。

叁

　　这年秋天天气特别好，是格飞上大学的第二个
秋天。

　　休息日，阳光灿烂。我到郊区去散步，在田野里
呼吸着秋天的气息。丰收的、喜悦的、金黄色的、泥
土的、落叶的气息。莫文也跟我一起去了，她是个朴
素的喜欢大自然的女孩子。

　　回来的路上，莫文说，告诉你一件事，你别激动。
说吧。你想说什么你就说吧。

　　格飞来信说，她的中文老师爱上她了，已经向她
表白了。莫文一本正经，绝对不像是在开玩笑。不是
玩笑……

　　那天晚上我做了噩梦。从梦里惊醒。入睡。再做
噩梦。反复。一身冷汗。半条被子掉在地上，感冒了。

我想，总会过去的。那个老师与她不会有结果的，一点点结果都没有，她不会爱上他的。中文老师只是冲动，不会持续太长时间的，我在噩梦醒来时不断地安慰自己……

冬天很快就来了。

初雪降临。

莫文告诉我，格飞弃学了。她读的是中文，她说这门课在大学其实学不到什么东西，一点意思都没有，完全是在浪费时间。她要去上班，她完全可以边上班边自学，她想当作家，她说，中文系并不是培养作家的地方。要想体验大学生活，在大学里待一年足够了。她这么说也是这么做的，她真的就弃学了，去了一家广告公司做文案。

那么突然，并且不可思议。

莫文对我说这些的时候，我真的被震住了。她却一点也不觉得奇怪，她说，这就是格飞的性格。格飞是一个坦率而任性的女孩子，倔强认死理，毫不掩饰自己的爱憎喜恶，不喜欢受世俗的约束，内心浪漫，是个追求完美的人。

我开始给格飞写信，我必须要告诉她这些年来我的感情。情感的火焰灼烧着我这颗孱弱的心。她现在已经不是一个学生了，她走出了学校，她很快就会在这一片天地里生根发芽的，她会飞得越来越远的。一想到这些，我就无望，觉得有一股寒流在体内横冲直撞，我的四肢、我的各处器官都在那股寒流的冲撞下战栗。我不能不写。

我一直压抑着，不让它迸发，怕伤害她，我不想再沉默。我被感情吞噬得七零八碎的心已经无法再压抑下去，否则我会走向消亡。

我不知道她会不会接受我这份深藏已久的爱，给她写信表白，只是一种可笑的冒险，但不得不冒险。已经没有多少机会了，不写信会更后悔。

我等待着回信，极度的不安。信寄出去后就生病了，高烧不退。是上帝在惩罚我，惩罚我的冒险。

白天仍旧要去上班，晚上一回来就倒在床上，内心里的荒草在孤独无望的风中燃烧，全身发烫。莫文一下班就跑过来照顾我，给我带些新鲜水果和多汁的罐头，坐在屋里唯一的凳子上陪我说话。我很少说别的，只说格飞，要么就是长时间的沉默。莫文说，看来你真的病了。是的，是一种病。

半个月了，没有接到回信。我又写了一封，一共用了八张信纸，向她详细地描述了这么多年来一直藏在心中的爱恋，一种类似于苦难的情感。

同一天，收到母亲寄来的病历卡以及医院里开的药方。我欲流泪，心情极度的压抑，似乎有许多只黑色的蝴蝶在心头黑压压地飞舞盘旋，久久不去……

请了半天假，去医院配药，去寄信。

每天等她的回信，一天到传达室两趟，每次去心口都会怦怦直跳，心情在希望与失望中频繁地交替。等信的感觉既叫人饱受折磨，又令人心醉神迷。迷恋着"希望与失望互相纠缠"的感觉。我想，我可能会在这种失常的感觉中发疯的。我有怨恨，怨恨她为何不给我回信，无论我多么可笑，总该给我一个明确的态度吧，我有权知道她明确的想法。我想去看她，很冲动的一个想法。我必须去看她，想当着她的面亲自问问她。我也许真的是疯了。

去之前，我特意为我房间里的那面墙拍了张照片，是靠床铺的那面墙，墙上用各种颜色的蜡笔写满了她的名字。

我要把这张照片带给她，告诉她，她无时无刻不在。

肆

　　临行前的那个晚上，在梦里先到了她所在的那个城市。我在车站的公用电话亭里给她打电话，偌大的车站只有一个电话亭，守电话的是个没了牙齿的老太婆，皱纹如起伏的波涛汹涌在她的脸上，都快将她的眼睛吞没了，那双躲藏在皱纹堆里的眼睛一直阴郁地盯着我看。我说，我想打个电话。她将面前的电话推给我，老太婆的两只手比真正的鹰爪还像鹰爪。电话脏得要命，到处都是污秽，我拿起电话就拨，电话通了。

　　我对着话筒"喂"了一声。

　　那边也"喂"了一声。

　　我一听是她的声音，便激动地对着电话说："我是吴川，我在车站，我想见你。"

她那边说："我吃饭时不小心把衣服给弄脏了，那衣服现在还在干洗店里，我得赶紧去拿衣服，衣服拿回来再给你打电话。"

　　我刚想把那台公用电话的号码报给她，就听到另外一个男人的声音在说："没事的，我等你，今晚咱们一起吃晚饭，到湖滨路新开张的花园酒店，听说那儿的菜味道不错……"

　　她并没有急着放下电话去拿衣服，而是在电话里与他说个没完，边说边笑，相当亲热。

　　原来电话串线了，我能听到她与他说话的声音，她与他却听不到我的声音。我拿着电话干着急，心里一急，便醒来了。醒来时，还在为他们两个人在电话里彼此亲热的说话声感到愤怒无比。

　　第二天坐火车去看她，到那儿是下午两点。打电话给她，我说我在你的城市里。她的声音挺平静的，似乎并不感到惊奇。我们约定在一个叫"流水"的茶室里见面。

　　我到"流水"时她还没来，这之前我从没有进茶室喝过茶。"流水"的环境绝对是一流的，至少我认为它应该是一流的。大厅内有假山、人造瀑布，小水流弯弯曲曲地环绕大厅一圈，新鲜的花瓣浮在水面上，水流上架有四座古朴的木桥，通向摆设在大厅四周的茶桌，木桥上还有翠绿的青藤缠绕。每张茶桌上都有淡蓝的格子棉布铺着，上面摆一个水晶花瓶，每个花瓶里都插有一支红色的玫瑰，有音符在玫瑰上空轻快地跳动……

我找了一个靠窗口的位置坐下来，置身于这样的环境里，就如夏日凝视星空，感觉自己特别渺小。丑陋的身体没了重量，它与周围的一切是如此不称。沉重的情感在肉体中聚集起来，压在我的胸口，让我喘不过气来。周围有两三对穿着时髦的男女在轻声说笑，他们的表情随意而轻松。

我的穿着和心情与这里的一切都格格不入，是一个不合理的存在，是这里的一个矛盾的突出点。来之前，我还特意去买了一套价值八十元的新衣服：一条蓝西裤，一件土色的夹克衫。没下过水的新衣服套在我那稍微有些驼背的肉体上，要多么假模假样就有多么假模假样，连我自己都觉得别扭。

小姐过来问："先生，请问要什么茶？"

我只知道茶就是茶，却不知道茶竟然还要分什么茶。我不知道该如何回答，有些紧张，怕自己说错了，便傻愣愣地说："不知道。"

小姐很随意地朝我瞟了一眼，然后返身离去。有那么一瞬间，我感觉自己的衣服似乎被一只无形的手给剥光了，只剩下一个赤裸的身体，羸弱的、没有多少肌肉的身体。不一会儿，那小姐又过来了，递给我一本精致的小册子。翻开册子，里面有十几种茶的名称，最贵的要二百多一份，最便宜的也得十五元一份。

我点了一份最便宜的，即便是最便宜的，如果两份就得要三十元，差不多是我一天的工资了。

茶很快就端上来了，我无心饮茶，眼睛一直看着窗外，茶室对面有一幢大楼，楼顶有大钟，三点差一刻。没过多久，她就出现在窗外的人群中，身上穿了件黑色的长大衣，系一条红丝巾，全身都洋溢着美丽高贵的气质。她天生就是与众不同的，我的心跳因她的美丽而加快。

她进来了。我端起那杯一口没喝的茶，站了起来。我之所以要端起那杯茶，是因为感觉把它握在手心，多少能给我一些踏实感。她在我面前坐了下后，对跟随在身后的小姐说："来一杯冰咖啡，摩卡！"

她的长相与以前相比没什么变化，只是脸色稍显苍白，看起来有些瘦，但比以前成熟了许多。她的微笑仍与往常一样，是有距离的、傲气的、妩媚的、带点孩子气的、略微有羞涩。

她将大衣脱掉，露出里面那件黄色的高领紧身毛衣，有清新的气韵从她身体周围散发出来。她外表安详、温和、细腻纤弱，但那双眼睛却藏着能够看透一切的睿智，睿智中混合着她特有的固执与任性。

我坐在她对面，从那次与她一起去县城领奖回来后，这是第一次如此近距离地与她面对面坐着。如果不去考虑个体的衰老与死亡，时间有时候会让你觉得它原来是在画着圆圈来回重复着。感谢上帝，让我又与她面对面坐在了一起。她只顾一小口一小口地喝咖啡，除了问些工厂里的事情外，几乎很少说别的。我也不知该说些什么才好，慌乱而晕眩。

是初春的下午。阳光透过窗户，照在她的脸上，镀了层银色的边。是午后的阳光，窗外的建筑已经在马路上投下了阴影，阴影里含着阳光无法照射到的隔阂与阴冷。我内心的感情就像那些阳光下的阴影一样，成为我一生中最为喧闹的痛苦。即使坐在她面前，她与我离得那么近，我又能如何？我感受到的更多的只是无奈，是被阳光拉长了的阴影，是说不出来的声音，声音像太阳光下骤然掠过我体内的一道道阴影，加深了内心的孤独。

她低着头喝咖啡时，我偷偷地看她。那张被阳光镀了一层银色光泽的脸上仿佛有我看不见的按钮，是否所有关于金黄色的想象都可以从那儿开启？

我拿起茶杯喝了口茶，我并不喜欢喝茶，不喜欢茶里苦涩的滋味，因为心里的滋味与它一样苦涩。我在她面前显得特别笨拙，没有任何力量能支撑得起我的从容。来得匆忙，头发也忘记理了，脸上的表情与过长的、有些凌乱的头发是一致的。那是一张长着天生的皱纹、没有多少朝气的脸，这点我是自知的。她抬头看我时，我的眼睛便控制不住地想四处逃避，自卑与慌乱是无法掩蔽的。

两个人都沉默着，其实两个人都应该有话要说。

茶冷了。小姐过来冲了一杯。茶又冷了。周围存在的一切都让人觉得有些不真实，而自己真正所处的似乎是另外一个时间，另外一个场景，在那个空间里，时光缄默。

　　光线由透亮转向灰黄。到了该站起来走的时候了，我下火车时就买好了晚上回去的车票，我还得赶回去上第二天的早班。我看了看她，有些迷惑，甚至想不起我来看她的目的，其实也没有目的。什么是目的？……

　　对面楼顶的钟声响了，一共敲了六下。有穿着校服的女孩子从茶室的玻璃窗前经过，是些十七八岁的高中女生，正是年轻灿烂时。

　　我说："我得回去了，还要赶明天的早班。"她抬起手看了看表，就那么笑了一下，也没说什么。

　　她的微笑让我有了片刻的清醒，突然想起应该把那张带来的照片给她看。拿照片时，我有些迟疑，怕当着她的面讨个没趣。脆弱而又敏感，只剩最后那层没有撕破的皮了。

　　照片就放在她面前，她看了一眼，也就一眼，没说话，只是笑笑，那笑里多了层抱歉的意思。那张照片在桌子上静静地躺着，有点落寞。我怕它在桌子上搁的时间太久，怕它惆怅，怕它焦虑不安，心里便有了些疼痛的感觉，急忙伸过手去将照片拿过来放回到自己的口袋里，动作的幅度有些大，自己都感到有些可笑。她看着我，又笑了笑。事情是微不足道的，但我本能地意识到这样失态实在非常愚蠢。意识到又有什么用？我等着她说话，心里乱七八糟的，有强烈的受伤的感觉。

她开口了："谢谢你来看我。"

说完后她的目光在我的脸上停顿了一会儿，随后又将目光投向玻璃窗外，她面对着玻璃窗外的行人："我知道，你非常敏感，敏感得让我说什么都害怕会伤害到你，这是我保持沉默的原因。"

我想说点什么，但嘴巴张开了，却发不出声音来，心跳再次加快，眼前浮现出她穿着黄色蝙蝠衫站在校门口朝我微笑的样子，听着茶室大厅里人造瀑布清脆的水流声，人便再次恍惚起来。

她说完话后转过身去朝服务员招了招手，然后再转回身来将她杯里最后一口咖啡喝掉，用桌子上早就准备好的纸巾轻轻地沾了沾嘴唇。服务员过来时，她说了声："埋单。"并将不知何时已经拿在手上的一百元纸币递给了服务员。我有些着急，连忙到自己右边裤袋里掏钱，慌里慌张的，等掏出钱来时，服务员早已拿着她的钱离开了……

想请她吃顿饭，但时间已经来不及了。她送我上车，告别时，我想握一下她的手，那双白皙修长充满灵气的手。我甚至想用干燥的嘴唇去亲吻它们一下，我想她也许不会反对，但我没有这样做，我不敢。

我上了车。

已经是傍晚了，车站里开了夜灯，她站在车窗外，就像我以前站在她教室的窗户外面一样。隔着透明的玻璃。能有穿透的一天吗？我还在妄想。我有想象的自由。金黄色的想象可以在内心里不可阻拦地永久存在，随意地舒展。

坐在茶室里时，不敢长久地盯着她看，内心里的自卑让身体轻微地颤抖，此时因为隔着玻璃，我可以大胆地看着她，并且希望能把她溶化在我的眼睛里，让她成为我身体的一部分。可是，对自己的肉体，我是厌恨与害怕的，在她面前，它是如此的丑陋，是多余的皮囊……

她站在站台上，眼睛却没落在我的脸上，只是漫不经心地看着远处，她的脸上浮动着一层昏黄的不透明的光泽，显得有些憔悴，这反而让她的红唇更加突出，她的眉毛也是修理过的，乌黑整齐，在昏暗的灯光下也能显现出它特有的色泽，纤巧白皙的脖颈，修长的手指，清澈的眼睛，她的从容，她的与众不同……所有的一切全都深深吸引着我。她身上还有一股只有我闻得到的气息，那是向日葵开花时特有的气息。她让我赞叹，敬慕，痴迷。她就站在玻璃的那一面，但她离我是那么遥远。我能够做些什么？

火车开动了。

她朝我挥手，我摇上车窗，将头探了出去。火车在轻微而短暂的颤动之后，便在黑夜里狂奔起来。她一直站在那儿，慢慢变小，然后消失。耳边只有风声。我缩回了头，将窗户关上，她的影子却还留在我的眼睛里，无法消失。

命运是一块无形的布，很薄，却穿不透。脑子里有一大片紫色的云影，然后是风暴，下雨了，雨将自己的内心打得一片潮湿。到处都是水淋淋的。

伍

回来后，除了工作，阅读成了唯一的业余生活。

我看卢梭的《忏悔录》，大仲马的《三个火枪手》，小仲马的《茶花女》，艾米莉的《呼啸山庄》，歌德的《浮士德》，波德莱尔的《恶之花》，还有《红与黑》《复活》《百年孤独》《洛丽塔》《霍桑小说集》《劳伦斯小说集》，我将较好的外国名著和中国古典名著全都看了一遍。

我也看《王小波经典文集》《围城》《废都》等等。

我希望多读一些书，能够跟她交流，在距离上可以无形地接近她一点。距离，这是怎样的一种距离呀！要多少本书叠加在一起才能靠她近一点？她会在乎吗？

到后来，我专看武打与言情的，只是为了消磨时间，阅读上已经没有任何具体的目的，我去书店的次数越来越少。

整个世界在我眼里都只是一座空中楼阁。我是一个穿着干净衣服的乞丐，微有点驼背的肩膀上扛着自己丑陋的面具，在寒冷的城市里孤独地流浪，前途渺茫。一无相貌，二无地位，三无钱财，四无学历，五无技术，六无靠山，七无……

再到后来，手边有什么就读什么，只要是可以读的，我都看。过期的报纸、杂志，甚至广告，任何可以到手的东西，我都如饥似渴地抓在手上读。

是一种病态的阅读，却无法减轻我的焦虑感。

失眠。半夜里经常突然从梦中惊醒，总是梦见大山、动物、血、旋涡、深渊、锁链，一些模糊不清的面孔，还有些莫名其妙的东西……

夜色四合。一片漆黑。

醒来时，仍旧被恐惧紧紧地攫住，惊悸不安，在梦魇中窒息。我独坐在床头，那刻，我听不到这个世界上的任何声音，死一样的寂静。只有自己孤独地活着，这种感觉是可怕的。

这辈子，我会怎样？……

我仍旧给她写信，给一座空中楼阁写信，不写反而更痛苦，写只是自我安慰。我是脆弱的，是病态的，知道应该停止，但不能自持。

从她那里回来后，我没有接到过她的任何回信。

一年很快就过去了。莫文仍旧如以前一样经常来看我，到我的小屋里坐着，或者帮我洗洗衣服整理整理房间。有时天气好的时候，我们照旧会一起去散步，也没太多的话，有时会问问关于格飞的事，她便说，好长时间没和格飞通信了，她也知道得不太清楚。从那次去看格飞回来后，她再也不和我谈格飞的事了。事情似乎一下子就变得让人难以估摸，并且让人不由得疑神疑鬼起来。

有一次，也是在散步的时候，莫文主动与我提起了她。那是一个温暖的黄昏，是在公园里。我与她沿着公园的一条两边种了柳树的小道散步，暖和的阳光照在茂密的柳条上，是个不错的散步的日子。想着小镇上的老屋，空空荡荡的只有母亲一个人守着的老屋，以及终年都是沉默的母亲，寻思着有机会让母亲来省城玩玩，请几天假，陪她四处走走。走在我身边好长时间都没说话的莫文突然对我说："格飞正式与他同居了，与那个中文系的老师……"

她说那句话的时候，我当时没有任何反应，似乎她只是在说一个与我毫无关系的人的事情。我一直沿着小道不停地走，耳朵里听不到任何声音，后来慢慢地似乎就感觉不到肉体的存在了，肉体与思绪都在非常遥远的地方柳絮一样缥缈，整个人恍恍惚惚的，所有的东西看着都不太真实。阳光下去了，薄薄的夜色上来……

　　清晰的痛苦从夜色中缓慢地跑出来，钻进了我的身体里。除了痛苦，更多的是绝望，绝望如浓厚的烟雾一样弥漫在生活的周围，轻易是不会散去的。很多感觉因为太过于强烈，它到来的速度反而特别缓慢但却又是如此持久。

　　根本无力控制自己，痛苦逼得我走投无路，烟雾下面，似乎还隐藏着让人真正害怕的东西。我必须去找她，我得亲眼看到一切，我需要真相。我要让自己心惊肉跳，让自己瘫倒在事实面前，知道已经没有结果，只是想让痛苦达到顶点。顶点过后，便是麻木的，我渴求着麻木，我渴求着痛痛快快地折磨自己……

陆

再见一见她，这样的想法不可阻挡。仍旧坐在茶室里，仍是那个叫"流水"的茶室。

她比以前成熟多了，她穿了一套黑套装，黑色的靴子，脖子上系了蓝色的纱巾，可以展开来，披在肩上。她坐在我面前，复杂，神秘。

那么多年来所有的感受全都从喉咙涌到嘴里，于是，我开始诉说。只是诉说。白痴一样，不管不顾地张开了嘴，是一个落水人最后的挣扎，没了自尊，没有所谓的自卑。其实沉默比一切都好。

我不停地诉说。现在想起来心里就恨，为什么要诉说呢？那时候似乎失去了理智，疯了，火山爆发一样，话落到地上，一片灰尘。

她没有说话，她没有说一句慰藉的话。我要的不是慰藉，我需要什么？想让她离开他到我身边来？这样的结果连我自己都不敢想。我不知道自己是为了什么，或者只是为了诉说，为了在诉说中清醒过来。

她一直沉默着。但是，她很认真地听。

我停不下来，我的嘴巴由不得自己了，声音是颤抖的，我的身体也有发抖的感觉。我很虚弱，就像在船上，船漂荡在茫茫的大海中，我的上空，我的周围，无边无际。我听不到自己的说话声，但我能感觉自己的嘴巴一直在动。我迷迷糊糊的，觉得身体里有一双无形的手，它们托着一朵金黄色的向日葵，向日葵低垂着，无精打采的。然而，我能闻到一股熟悉的、亲切的、又有些飘忽不定的气味，是神奇而朦胧的……

我断断续续地说了一个多小时，我知道一切都无济于事，但我停不下来。她很耐心，她给我添了好几次水，她没有插嘴。

我开始有些恨她，莫名其妙地恨她。我知道，她能清清楚楚地看到那些黑色的痛苦从我的身体各处溢出来。我恨她的沉默，我更希望她站起来离去，希望看到她烦躁的样子，希望她眼里闪动着某些类似于嘲讽或者鄙视的东西，或者索性贬斥我，但是她没有。她只是静静地坐在那儿看着我，她的目光沉稳而又冷静，我知道，这样冷静的品质是她天生就有的，是无所可摧的。

我着魔了，我觉得自己已经发疯了。我终于停止了诉说。沉寂。长时间的沉寂。沉寂时，一些敏感的、激动的、容易受伤害的情绪在身体里积聚，稍微一碰，身体便有可能会震荡倒塌，狂风袭击过后，内心一片狼藉，我低下头，几乎都快垮掉了……

她握住了我的手。

她第一次握住我的手，温暖修长的小手。我从遥远的世界里回醒过来，我听到了她的说话声，那么温言细语，让人昏昏欲睡，却也令人宽慰。

她说："这是一份非常美好的东西，它可以与我没有任何关系，它只是属于你自己的，你把它放在心里好吗……"

"对不起。"她又补充了一句，她的嗓音低沉而又柔和。

她不开口我也知道，我只是自己跟自己过不去。我知道，她没有任何过错，我那些汹涌澎湃的语言，是一片叶子落地时的颜色。

这只是我的不幸。

时间从我们握着的双手中悄然流过，疲倦的心灵在她的手里得到片刻的停留，那双可怜的粗糙的手能被她握着，对我来说是极大的满足，是一种形式上的安慰。内心对她爱恋的魔力是无法消减的，它仍在沸腾、在激荡、在汹涌，它作为一种现象依然存在着。她说了，这只是我个人的事，它可以与她没有任何关系，是我与自己过不去。

那天，我们在一起吃晚饭。在茶室旁边的一家小饭店，饭店的外墙上爬满了蔓生植物，那些绿色的植物终生都得缠绕在墙上，它的缠绕是天生的，是它自己都决定不了的，是它的本性，是它生命体现出来的方式与现象。

晚饭后，她约我去她住的地方坐坐。我想拒绝，但我有着强烈的好奇心，我想看看那个与她住在一起的狗崽子的模样。我去了，一套七八十平方米的小公寓，布置得舒适而又温馨，小客厅的书桌上有一盏台灯，是她十八岁那年秋天，我陪她一起去领的奖品。

他在家里，一头天然弯曲的漂亮头发，高个子，脸很白净，戴眼镜，挺斯文的。温和有礼，但却懂得与你保持距离，他有一个习惯动作，时不时要吐出舌头来舔一下自己的嘴唇，潮湿红润的嘴唇，他还抽烟，烟雾蛇行般缭绕在客厅里，然后飘向卧室。

卧室，是她与他的卧室，一个对我来说是不可知的、神秘的地方。卧室的门微微关着，露出一条缝，我能闻到它里面的气味，但看不到它的真实摆设。我有些不安，心口有疼痛的感觉，让人晕眩的疼痛。

我说，我要走了。我站起来告辞，坐当天晚上的车回去。

这是一趟绝望之旅。

柒

　　所有陷阱中最恐怖的陷阱是自己给自己设置的那
个，我在里面待了太久，我麻木了，习惯了。

　　看格飞回来后，经常失眠。久了，也就习惯失眠
了。睡不着时，就在黑暗中睁着眼睛，眼里没有任何
东西，但能看到格飞家那扇微微合着的卧室门。那扇
沉重之门，经常压得我喘不过气来，透过那扇门，我
似乎看到格飞将头枕在他的手臂上，修长的小腿随意
地叠在他的大腿上，白皙的小手搂住他的脖子，被子
盖在她那纤巧的身段上，看上去起伏有致，我甚至能
听到她匀称的呼吸声，以及随之而来的娇喘声……

　　想象如此清晰，让人痛苦得几近癫狂。

　　噩梦重复，梦醒时虚汗淋淋。耳边到处都是震耳
的机器，白天如此，晚上如此，梦里也是如此，满世

界都是枯燥的可以杀人的机器声。

我一点也不在乎自己虚弱的身体，它只是一具飘浮着的肉体。死与生有时就只是一张薄纸的距离。活着，死了，对自己是一回事，对别人完全是另一回事。都是无所谓的事，不会影响任何一个人正常的喘气。

今天，我躺在床上，明天，我的尸体躺在床上。有肉体时，人会思考，没肉体了，什么都不复存在。所有人都会忘记你，除了母亲，但母亲终究会死的，死了，记忆就断了。

因为活着，所以备受煎熬。

这天晚上，莫文下班来看我。她坐在凳子上，房间里就一个凳子，我只能坐在床上。我背靠着墙，墙上是她的名字，五颜六色的名字，静止的，飞翔的，倒立的，横行霸道的，全是格飞的名字。

我说，我想去文身，文两个字。格飞。文在手臂上，文进身体里。

作为纪念，回忆，一个标点。

晚上，可以抚摸着名字入睡。白天，让她的名字随着甩动的手臂，激活我的生命……我仰着头看墙，看她的名字。一个，两个，三个……全都是她的名字。她在那些名字里微笑，她的微笑在墙上淡薄下去，消失。她或许正与他在一起散步、看书、吃饭、睡觉，他们互相搂抱彼此缠绕。

我将自己囚禁。

我的世界里全是格飞。

过了几天，莫文又来了，她说："你该出去走走。我陪你去爬山，这对你有好处。"

是的，该出去走走了。我那深锁着的双眉，蜡黄的脸孔，阴郁的神色，阴郁后面隐藏着的沉重与痛苦，使得莫文看我的目光里有同情与不安。我看得出来，她一直在关心我。我知道自己是病态的，我像一个瞎子，在茫茫的黑暗中为一些新奇模糊的形象躁动不安，在令人苦闷的黑暗中拼命地向着诱人、虚无、不现实的金黄色的景象奔跑，随着懦弱的肉体颤抖，一个人踽踽地行走在那片金黄色的世界里，我沉迷其中，甚至不愿出来。我不知道能否转身，换个方向前行。

但无论怎样，是该出去走走了。

她说，有一个保护得很好的森林，离省城只有两个小时的距离。

我说，挺好的。

礼拜天，我们相约，早早坐车出发去森林。

捌

天气并不太好，铅色的云覆盖在天空上，森林里的光是青灰色的，有雾气，很潮湿。

我与莫文沿着石阶往山上爬，石阶沿小溪而上。她跑到我前面，摇起一棵凝结满水珠的小树，冰凉的水珠落了我一身，惊得我大跳起来。她笑了，她笑得蹲在地上，她是个很容易就让自己快乐起来的女孩子。

爬累了，我们就坐在台阶上休息。我沉默寡言，她却在一旁自言自语，开心无比。我想起二十一岁那年的秋天，格飞坐在公园凉亭的石凳上，穿鹅黄色的蝙蝠衫、黑色的健美裤、白色的运动鞋的格飞，是我第一次面对面的格飞。

莫文在我旁边不停地说话。我耳朵里听到的却是水流的声音，我闭上了眼睛，脑子里是一片辽阔的草原，绿色的，马蹄声，牧歌，牛奶的香味，我和格飞躺在草地上，蓝色的天空就在我们的头顶，云爬到我们的身上，我与格飞躺在云里，我们离开了地面……

莫文停止了说话，她把我的手拉过去，叠在她的双手之间，她的手温暖而又多肉。我睁开眼睛，她看着我，流水的声音从我耳边消失。

她看着我，充满了爱怜和紧张，她还远没有学会安全地掩饰自己。只是对于这一切，我从来都不曾去认真注意过。

开始飘起了很细的雨丝，我的手仍在她的手里，却没什么感觉，不会心跳，不会神魂颠倒。我坐着没动，也没抽回我的手。风吹起她的头发，发丝缠绕在她的脖子上。她的脖子很短，头发没有多少光泽，脸上有雀斑，眼睛细小，下身比上身短多了。

不一会儿，风与雨都来了，我们陷入了一片昏暗和寂静当中，那是森林里特有的永恒的寂静与昏暗，就如我内心里永恒的孤独。

我拉起她往山里走。石阶两旁长着密而厚的小杂树，有枝干上长满了苔藓以及有毒的蘑菇的横倒在地上的大树，我没有放开她的手，我不敢放开。

因为自己敏感，便懂得别人的敏感。

走了一段路后，她搂住了我的手臂，我让她搂着，这样多少会觉得温暖，但心里所想的完全是另一回事，全是格飞的影子。想唱歌，想唱《水中花》，歌声能让人安静下来，它能缓解压力，但我开不了口，我已经不是高三时候的我了。莫文一直搂着我的手臂，她个子不高，我个子也不高，但她比我还矮半个头。

雨比刚才大了许多，我本可以把她带到森林深处去，那里也许有个可以避雨的山洞。洞里有石凳，有干燥的山草，可以让人坐，让人躺。雨在洞口下着，风来了又去了，雨与风全都在洞外，洞内只有我和她。

我本来可以那样做的，她紧紧地搂着我的手臂，这让我内心里突然有了些疯狂的念想，是可怕罪恶的。一样东西去了，不再回来了，我本可以轻而易举地去破坏另一样东西，以求在破坏中得到平衡，但我最终还是没有那样做。那不是我。

我们在离石阶附近不远处找到了一个可以避雨的地方，我们在枝叶中穿行，踏过那些有毒的海绵状的蘑菇，踩在厚厚的落叶上，落叶在我们脚底下发出神秘的声音，如小波浪涌上来时的声音，如鸟儿惊悚的双翅拍打的声音，又如人们在细细地低语。我们身后还传来轻微的树枝断裂的声音，还有怯怯的脚步声。是一只小鹿。小鹿看到我们后很快就逃远了。一头很瘦的、可爱的野鹿。

她的头发被雨水打湿了。我们在一棵很粗的树下站住，没有雷，是秋雨。大树让人感觉很安全，我伸出手去，搂住了她的肩膀，我搂着她比她搂着我自然多了，毕竟我还是个男人。

她的脸色红润，皮肤散发出健康的光泽。她将脸颊贴在我的胸前，现在，即使我是个笨蛋也知道她除了关心我外还隐藏着更多的东西，只是我从来没认真地思考过，也从没仔细瞧过她几眼。

她看着我，眼睛里有忧郁，还有那么点渴望。当我的目光落在她的脸上时，她在我的臂膀下稍有颤动。风吹过来时，她散乱的发丝抚过我的脸颊然后缠绕在她的脖子上，头发很细，被雨弄潮湿了，冰凉的。

有那么片刻，我想将她抱在怀里，吻她，抚摸她，与她缠绕在一起，我渴望着一切我所没有体会过的，关于女人，关于一个女人的完整的肉体。

有荒唐的欲望从树上垂直而下，紧紧地攫住了我，浸透进我的心脏。我犹豫了会儿，最终还是搂紧了她，我搂在她的腰肢上，她的腰肢是那么的柔软……我搂住她腰肢的那刻，将她吻在了怀里。

我吻了她，是初吻。一切恍如永恒，却只持续了几秒钟。

有一滴水从树叶上滑下，掉进我的脖子，冰凉的。我停止了嘴唇的冲动，但我仍旧搂着她，那瞬间，绝望升起，一片茫然。她是格飞的好朋友，和她在一起，我脑子里全是格飞的影子，我的心是属于格飞的，这样的事实让我的身体无法在莫文面前狂热起来。

我松开了她。

她红霞满脸，眼睛里闪动着火花，我知道她的心

脏肯定在怦怦直跳，她的期待是长远的……但我放开
了她，她眼里的火花熄灭，她的双唇紧闭，神色黯然。

蓝色的雾霭从树叶间冒出来。

是暮色，夜色即将降临，我说：回去吧。

到城里，已是晚上九点。在车上，谁都没再说话，
她可能累了，我也累了。我的手握着她的小手，对我
来说，握着或者不握没任何两样，因为没有感觉，但
一路上我一直握着她的手，是一种含糊不清的语言，
它给我自己留着余地，有些想法是难以估摸的，即使
是对自己。

一个礼拜后，莫文来看我。仍是晚上，仍坐在那
个凳子上。我从枕头下拿出一条淡黄色的大披巾，本
来是买来送给格飞的，上次去看她，走得匆忙，忘记
带去了，我能想象得出，格飞披着这条淡黄色披巾时
的样子。大披巾将娇柔的她裹在里面，绝对楚楚动人，
她是一朵花，一朵娇嫩的金黄色的花。

不是每个人都能将披巾裹出味道来的，但放着也
没用，我便把它送给了莫文。莫文并没料到我会这般
突如其来地送礼物给她，她一边嘟嘟囔囔地说着道谢
的话，一边从我手里接过披巾然后将它裹在身上。说
实在话，这淡黄色的披巾很不适合她。

有只苍蝇在小屋里盘旋，已是深秋，却还有这样
可恶的、下贱的东西。它在暗淡的光线中丑陋地舞动
着，嗡嗡乱叫，声音让人厌烦。

我站起来挥着手去追赶它，它的存在着实让我心烦意乱。它在墙角的阴影处停了一下，等我赶过去时，它又飞起来，在空中盘旋，然后停在床单上，我一巴掌打下去，是致命的一巴掌，它死在了我的手掌下。我随手一甩，那只黏在我手上的死苍蝇被甩到了莫文的披巾上，她似乎挺高兴的，突然扯下身上的那条黏着死苍蝇的披巾，揉成一团，朝我脸上扔过来，我也一时兴起，跟她打闹了一番。她在房间里乱跑，我在追她的时候被床脚绊倒了。

　　她站在一旁大笑，笑够了才弯下腰去把我拉起，然后故意将张开的红润可爱的嘴唇伸给我，我犹豫不决，她的呼吸有些急促……

　　莫文觉察到了我的犹豫，她的双唇微微颤抖着，她停顿了一下，然后将头别到一边去。我靠在墙上，墙上写满了格飞的名字，格飞的名字在我脑子里起舞，是有声音的，好像是蜜蜂在花丛中拍翅膀的声音，离我很遥远，又似乎很近。

　　莫文靠在桌子边，拿起一本书很随意地翻着。

　　我说："我想去文身，在手臂上，文上两个字，格飞。"这话我已经在莫文面前说过好几次了，可我又这样说了，我不知道是不是存心要这样说的。

　　莫文没接话。

　　夜已经深了，莫文还坐在桌子旁翻动着书本，她并不看，只是不停地翻动着，机械的。我仍旧靠在墙上，彼此都不说话，谁也不知道谁在想什么。过了一阵子，她站起来说："我该回去了。"

我送她出门，外面风很大，因为是夜里，感觉风也是黑乎乎的，那风似乎想抓住一样什么东西，譬如想抓住一棵树，然后将它们咬在嘴巴里拼命地啃，到处都是风啃树的声音。我们走了相当长的一段路，两个人都不说话，只有脚步踏出来的声音在风里寂寞地回响着，听着让人不安。快到莫文寝室门口了，我与她道别，然后转身离去。走了一段比较长的距离后，突然听到她喊我的声音。

她向我跑过来，她就站在我的面前。新月已经挂在半天，仿佛是一把碰出许多缺口的银色的细镰刀，在惨淡的月光下，我看到莫文的眼睛里噙满了大颗的泪珠。

我有些惶恐。

"吴川，如果没有格飞的存在，你会喜欢我吗？"她仰着头，很委屈地问。

我没说话。我听到风吹在树枝上发出的沙沙声，风抓住了我的手，风将一片树叶塞到我手里。我低头看着手里的那片树叶，我没勇气看她的眼睛。

"你回答我好吗？"她的声音有些颤抖。

我满脑子都是格飞的声音："我保持沉默是为了不想伤害你。"

是的，这是经验。

她有些激动，"我得说实话，我们是一起长大的，我一直都在关注你，有次你去镇子后面的水井里挑水，我遇到你，叫了你一声，你没理我，可能是没听见，但这事却让我独自伤心了好长时间。我听从了内心的朦胧的指引，我相信它那稍纵即逝的神秘预感，我知道你很适合我，你是那么善良……"

"这是一份非常美好的东西，它只是属于你自己的，你把它放在心里……"我突然间住口了，这是一句非常熟悉的话，此时竟然在我嘴里重复着……

我住口了。

莫文也没再开口，她站在我面前，默默流泪。我想起去车站接她的那天，她提着一个红色的大旅行包从出口处出来，满脸惊慌失措的样子。我从她的脸上看到了第一次来省城的自己，记得当时心里颤了一下，是类似于心痛的感觉。此时，看着她像做了错事的孩子般站在我面前委屈地掉眼泪，心里竟然又颤动了一下。我将她揽过来，搂在怀里。

我说："你也那么傻！我们是不可能的……"秋风从高楼后面升起来，将她身上的衣服吹得鼓鼓的，那条黄披巾还在她身上披着，与她衣服的颜色非常的不协调。黄色似乎被独立出来，凝固在她的背上。

她打了个寒战，抬起头看我，我没再说话。也没什么好说的了，就从这里结束好了，这样的事情谁能说得清楚呀？

她说："那么，再见吧。"

她转身离去，消失在不远处的楼道口。我一直站在原地，听她混乱的脚步声在我身后酸楚而忧伤地远去。

她那炽热的情感，我可以唾手即得。既然我爱的人不爱我，为何又不愿意别人来爱自己。我的想象远置于彼岸，而我的肉身却在现实的此岸。

有一种冲动，想跑过去，将她搂住。我累了，想在她的怀里歇息。最终，我却站着没动。我知道，这是不可能的。她是格飞最好的朋友，她是格飞的影子。或者本身就与格飞无关，还有些别的让我真正不能接受她的原因，譬如我不喜欢她的短脖子，不喜欢她胖墩墩的比例失调的身材，不喜欢她说话的声音。不过说实话，像这样坦然率真善良的女人倒真是挺适合做我老婆的。可我不想要，无从知晓，反正我放弃了。这以后，莫文没再来找过我，偶尔会打个电话来问候一声，如此而已。

最终，我也没去文身。做或者没去做，都已在想象的过程中完成了。

玖

　　震耳的机器声每天都响在耳边，日子与以前一样，看书的欲望又在漫长的无法入睡的夜里渐渐恢复过来。

　　一年后，我收到一封格飞寄来的信，是一张结婚请柬。酒宴设在一个陌生的酒楼里，就在她读大学并且工作的那个城市里。

　　他们要正式结婚了，这是不可避免的，就如我不可避免地仍会为此悲痛一样。对于这样的事实，是有准备的，但当天晚上，仍听到自己在梦里的哀叹。醒来后，夜色在屋里沉默，阴险而又毒辣，内心与这屋子一样空荡，我冷不丁地喊出声来，是格飞的名字。怀着妒意怀着绝望大喊出格飞的名字，喊声如此让人心惊肉跳。

　　母亲的慢性病还在持续着，心里惦记着她，我请假回了一趟家，已经整整一年没回去了。回去前，我特意去商场选了一件礼物带回去，是一件鹅黄色的针织毛衣，简洁大方，是送给格飞的结婚礼物，我着了魔一样地贪恋它的气味和光泽。

回家住了一个晚上，第二天，我把礼物送到格飞的母亲家，是骑自行车去的。我认识路，几年前的正月，我曾去过一趟，所有的一切就像发生在昨天一样。

小镇还是原来的样子，潮湿的青石板路，古塔上的风铃声，那幢红砖楼房就立在街头的转角处。我在院子外面站了会儿，树仍是那棵树，院门虚合着，一推，门便开了。是一个世界，是格飞从小就生活过的世界，我能在空气中感觉到格飞的气息。

以前在院子门口见过一面的妇女就在屋子里，她听到推门声，从屋里走了出来。个子不高，身材清瘦，衣着得体，微有皱纹的脸庞仍很秀美，她脸上有着一双与格飞一样的眼睛。她对我当然是没印象的。我说了自己的名字，她温和地笑道，她听格飞说起过我。我不知道这是一种礼貌的说话方式，还是格飞真的在她面前提起过我，格飞会在她面前说我些什么呢？但这已经无所谓了。

我将那件衣服交给她，让她转交给格飞，她接过去，打开来，然后愉快地赞美，听得出是由衷的。她的声音中充满了慈爱，是悦耳的，蕴涵着使人愉快的韵味。听莫文说过，她是一位小学老师，我真的很想多待一会儿，陪她聊聊天，但我的心总是静不下来，思绪缥缈，心神恍惚。格飞要结婚的事实让我备受折磨，痛苦一直跟着我。

我站起来告辞，她送我出了小镇。我上了渡船，她仍站在小镇的路口。渡船起动了，她才转身离去。是一个懂得在细节上安慰别人的母亲。

脸上是潮湿的，是冰凉的秋雨，绵绵不断。回去的路上，雨大了些，全身都被淋透了。有一段黄泥路，非常泥泞，只能下来推着自行车一步一步走，走一段路，车的挡泥板上就塞满了黄泥，车子根本没办法再动，只得找一根树枝将泥土剔去，继续推着走。极度的身心疲惫，想就地坐下去，任凭身体沉没到黄泥里。

回家就病倒了，夜夜冷汗。肉体像风一样，在一个陌生而遥远的地方飘荡。她结婚了，一切幻想都遽然中止，彻底的失望。连失望也是微不足道的，这就是结果，开始就是结束。

我在空虚中醒过来，周围一片空虚，肉体犹如一片枯黄的落叶，从树的最顶尖的地方落下来，飘在没有水的池塘里，在污泥里腐烂。

很冷，穿了许多衣服，仍感觉冷，身体里的热气全被周围的空气吸走了，就好像浸在水中一样，毛孔全都张开来了，冰冷的感觉钻到了骨子里头，盖着两床被子，感觉仍好像是赤裸裸地躺在床上。没有被子，没有衣服，没有皮，没有肉，没有心脏，没有空气，没有我这个人。

一个气球，针一扎就破。这气球慢慢地从床上浮起来，缓缓不定，是个透明的气球……浮到半空，突然降落下来，到地面时，已经成了几张皱巴巴的皮。全身都是冷汗。

母亲一直坐在我床前，她握着我的手，她怕我的生命从她的手里滑下去。她非常慈爱地抚摸我的脸、我的脖子。我吞下一口唾液，喉结动了一下，是一个生命在动。意识清晰起来，有了物质，有了感觉，有了肉体，有了衣服与被子，透明的气球消失了。

我说：饿了。

她流泪了。

我是沙漠，眼泪是沙漠里的一汪清泉。热的，烫的，爱着的。她给我烧了碗面条，放了许多红辣椒，我吃下后，闷在被窝里大睡，出了一身的热汗，身体在红辣椒的辣气里缓缓恢复了正常。

病好后回到厂里，日子与以前没有任何不同，整日站在机器旁边，重复着同一个动作，像是一个木偶，比傻瓜聪明不了多少的木偶。我恨这种生活，这样的生活对我的未来没有丝毫帮助。那台机器就像是一张嘴，总有一天会把我一口吞下的……要知道，我已经快被它折磨死了。

没过多久，我就离开了那家工厂。这之前，车间里发生了重大的产品质量事故，厂里一下子损失了好几十万，车间里每个人辛辛苦苦干了一个月，却只发一半的工资。接下来便开始整顿，炒掉了一半以上的工人，厂里让他们拿上半个月的工资，立即走人。

我没有被炒鱿鱼，但仍旧选择离开。走吧！

我要学点真正能够独自生存的东西。从工厂里出来后我进了"新花园"大酒店，与一个叫阿贵的师傅学做中式面点。

两年后，我回到了故乡。我原本可以去大一点的酒店上班，但我还是回家了。母亲身体不好，总是一个人待在家里，太孤独了。回家后，我与母亲一起在县城里开了家小吃铺，并且认识了那个叫香的女人……

第四章

Chapter IV

水温的热度在回忆中下降，我弯下身，往木桶里添了些开水。我每天都有泡脚的习惯，这是香留给我的礼物。让脚在水里泡着，人则坐在凳子上发呆，时间如潮水一样在身边来回起伏，起伏中包含着动荡，我在动荡之中感受着憧憬的柔情和茫然的甜蜜。

　　精神是自由的，在那片世界里飞翔，心旷神怡。曾经有过印象的风光，景物，接触过或者没接触过的人，都会在这时候出现在你的四周。

　　热水带来的微妙魅力是无穷的，它如此销魂，在疲倦的肉体上，以微熏的感觉遍布全身，奇妙而又谐和。

　　这时，你会感觉到身边的一切都在消褪，你的呼吸声在水温中渐渐平稳下来，你听到了遥远的笛声，徐缓而悠扬，你能够重新体会到留在过去岁月中的那些细微的情感，它们就如花园里的树木在你的头顶上方窃窃私语，湛蓝的天夜空繁星闪耀，青色的夜幕笼罩大地，你的心绪越来越平静。那么，就将手放在胸前，闭眼，在回忆里重现。

壹

　　与香在一起的半年时间，就像得了一场大感冒，高烧过后，继续回到正常的温度。只是恢复正常温度前，得需要一段适应期。那时，我的情绪相当低落。我带着我的疾病与伤痛，回到镇里。在空荡寂寞清冷的老屋里与母亲相守在一起，我待在家里养病，灶房炉子里的火在黑暗的夜里无力地跳动着。是初春，初春比冬天还冷。

　　我没敢去医院，因为袋里只剩下一千多块钱了。母亲陪我到乡下看郎中，四处讨问民间流传的治肝炎的偏方，去田野里挖她熟悉的草药。我的病让她操够了心，愁苦几乎都快把她吞没了。冷清的老屋到处弥漫着草药的气味，但这浓郁的草药味儿多少给孤寂的老屋增添了些活着的气息。

我在家待着，看书、吃中药。中药几乎浸透了身上的每个细胞，但身体却时好时坏，日子过得苦闷无望。一天下午，我一个人走在小镇的街上，阳光就像是没有灯罩的电灯一样，非常刺眼。

　　有一个骑自行车的人在我面前停了下来，他说："吴川呀，你怎么还在这儿闲逛？你的女人与别人结婚去了。"他说完就上车离开了。车后座挂着些猪肉，看来刚从城里回来。

　　我走在街头，脚步沉重，感觉被浸泡在水桶里似的，潮湿沉重，没想到她那么快就结婚了。

　　她搬出那间小屋还不到三个月呀。

　　第二天我坐车去了城里，我先去把租来的那套小屋退掉，它对我来说已经没有任何作用了。

　　我去了她的朋友家，那次香说出去散步但很晚没归，我曾去她家打听过。

　　那女人对我说："她结婚了，前天摆的酒席，那男人曾是个劳改犯，半年前刚从劳改队回来，是个光头男人，高大，帅气，强壮，喜欢打架，是城里人。她结婚时已经有两个多月的身孕了，不过你放心，她说那孩子绝对不是你的，是光头男人的。"

　　听到她已经有身孕的那刻，我竟然有一种酒醉的感觉，晕乎乎的，脸发烫，全身发冷，感觉中那孩子应该是我的，我与她有过无数次成功的性交，但没有一次是真正有结果的。她一离开我，就怀上了别人的孩子，成了别人的老婆，对我，是一种耻辱。她一离开我，就睡在另一个男人的床上，夜里，她躺在他的怀里，与没有头发的他一次次地性交，她那白皙可爱的小手无数次地抚摸着他的光头，不知那是怎样的一种感觉呀？

想象，有时也是一种痛。我站在女人门口，有一种想呕吐的欲望，我是可怜的，我很虚弱，我的病还没完全好，脸上有冰冷的汗。

那女人说："你的脸色很差，进来坐一坐吧。"

我在她家院子的石板凳上坐了会儿，她给我倒了杯温开水。是一次性的纸杯子，她肯定也知道我得了肝炎，喝了水后，那种酒醉的感觉渐渐退了下去。

我对女人说："她肝病才好，那男人怎么能让她怀孕呢？"

女人说："他不知道她生过肝炎，她瞒着他，她怕男人不要她。"

我没说话，我能理解，像理解自己一样理解她。我将杯里的水喝完，站起来离开，我手里一直拿着那个一次性的纸杯。女人送我出来，她说：自己保重身体。

她门口有个垃圾桶，我把手里的纸杯扔了进去。

我说：走了。

那女人在背后道："你是个好人，她不嫁给你是她的错。"我突然听到了自己放肆的笑声，是控制不住的笑声，那声音听起来如此陌生。

我走在街上，听不到任何声音，似乎有风吹在脸上，已经是春天了，但风还是冰凉的。我的生命都有可能随风而去，而身体外的一切、包括婚姻，对此时的我来说，还能意味着什么？

这个在我生病时离我而去的女人，是我第一个真正有过肌肤之亲的女人，是母亲为此给我准备好新房的女人，她给我留下许多东西，那便是我对女人的恐惧、害怕以及记忆中与她的身体缠绕在一起的感觉，这样的感觉仍旧残留在我的身体里，成了一种折磨。

小镇的白天与黑夜都是寂寞的。

生病的日子里，与母亲两个人待在家里，没有声音，日子像酸菜叶子一样，是枯黄的，没有水汽的……

母亲每夜的叹息声在我耳边一次次地凝固。她比以前更加沉默了，有时甚至一天没有一句话，周围的一切都给人脆弱易碎的感觉。

屋里有两张床。一张是母亲的，一张是我的。

父亲的那张床上已经换了许多个女人，那些女人的皮肤一个比一个粗糙，皱纹一个比一个多。他也老了，他的精力像没有源头的河水，总是要干涸的，生命在衰老的过程中很少有奇迹。也没有谜底。他仍旧经常喝醉酒，每年仍旧在过年的那一天回来吃一顿年夜饭，然后出去赌博，整夜不归，第二天早上回来吃了早饭就走，走之前，仍不会忘记带上两坛母亲为他酿的红米酒。

　　回来与不回来都是一样的，只是形式。

　　那么多年来，这个家没有任何变化。

（贰）

　　天气一点点暖和起来，身体差不多也快恢复正常
了，我的双脚又该起步了，我得去找份工作，一份能
养活自己的工作。

　　母亲皱起眉头，死活也不同意我出远门，她怕我
在外面照顾不好自己，怕没好利索的病到时又严重起
来，她的担心就如南方的梅雨一样沉闷而又潮湿。为
了照顾她的想法，我得在附近找份活儿先干着，以便
能留在家里。

　　体力活是吃不消的，想做生意却没有任何积蓄。
想找个人帮忙，可去找谁呀。几个亲戚平时都不大来
往，也不愿意向他们开口，以前的同学以及朋友几乎
都不再联系了，即使路上偶尔遇到，也说不了几句话，
彼此间都隔了一层无形的、难以超越的距离。我想到

市里找他，他喜欢画西瓜，我曾在他家的西瓜地里看过月亮，他艺校毕业后，分配在市群众艺术馆里工作。我想问他借三千元，三千元就可以在菜市场上租一个摊位卖菜了。还是先干干老本行，等有了资本，身体好彻底了后再另作打算。

很快就找到那个画西瓜的朋友，他拍着我那瘦弱单薄的肩膀信誓旦旦："这个忙肯定要帮的，只是手头上没钱，过几天答复你。"那天中午，他请我吃了一顿饭，凡是我夹过的菜，他都不碰，只是一个劲地喝酒，一个劲地说话，一个劲地说他画布上的西瓜。

我本也想说几句，却插不上话。因为那些在画布上的、变形了的、被抽象化了的西瓜离我真的非常遥远。

几天后，我又去找他，他已经出远门写生去了。

很多表面上看起来真真切切的东西，只是一个热闹的假象而已。也并没有什么好难过的，不是我想指望谁，谁就真能指望得上的。

在家的日子里，也经常去学校后面的小河边散步，一个人坐在桥墩下回忆往事。我似乎听到格飞在坚硬的桥墩面上踩出的咯噔声，那声音在想象中真实地存在，并仍能让我虚弱的身体为之颤抖……

有次从河边散步回来，在校门口遇到高中时的语文老师。在省城打工时，我曾特意回来喝过他的喜酒，他现在已经是副校长了。

是黄昏时分，校门口的学生很多，两个人就站在梧桐树下聊天。他平时多少也知道一些我的情况，见到我时，便关心地问了些他想知道的事情。在他面前也没什么可以隐瞒的，我直截了当地与他说了这些年的事，并告诉他我的近况，临走的时候，他说："现在城里的麻辣烫生意挺好的，这样吧，你就在校门口摆个麻辣烫的摊子，先做着再说吧。"

于是，我开始了在学校门口卖麻辣烫的日子。

这不需要太多的资本。在摊上摆些海带结、小鱼、小青菜、粉丝、藕片、年糕、豆腐干什么的，便可以开始做生意了。价钱不贵，味道也好，学生挺喜欢的，一天下来，竟也能赚个三四十块的，比卖菜轻松多了。

课间休息时，摊位前挤满了学生，有时忙都忙不过来，母亲在家待着没事，便也过来帮忙。因为有活干，日子在忙碌中又鲜活了起来。

小摊位就摆在学校门口左边的那棵梧桐树下。梧桐树，它是一个象征，一个起点。她的蝙蝠衫、她的微笑以及那些奇特的晕眩感，依然历历在目，清晰得简直让人无法想象……

来买麻辣烫的学生都是些陌生的面孔，谁也不认识我，谁也不知道我曾经也是这所学校的学生，是他们校刊的第一任主编。再说了，他们也不在乎我是谁，对他们来说，我只是一个卖麻辣烫、一个微微有些驼背、相貌丑陋、没什么笑容的男人。

叁

　　离过年还有一个月的时候，接到格飞的电话。我家还没装电话，电话是打到莫文母亲家的，她在电话里说，她要回来看她的母亲，顺便想来看看我。

　　与香分手时曾给她写过一封信，因为从莫文母亲那儿知道她生了个女儿，便去信问候她，并与她谈起了香的事，也谈起过自己的病。

　　她都记着。

　　在开小吃铺的时候，格飞与莫文曾来看过我，来的时候我正好出去送餐了，回来看到她们两个在店里与我母亲说话。也是过年的时候，格飞回她母亲家过年，那时她已有身孕，挺着个大肚子。她抬起头，朝我露出漫不经心的微笑，慵懒而又甜蜜。她将乌黑的头发盘在脑后，露出美丽的额头。她与我母亲说着话，语速很慢，怕惊着肚子里的小宝宝似的，满脸恬静的神态。

我没怎么和她们两个人说话，我忙我自个的，洗碗，刷锅，切菜，我在做这些的时候却一直认真地听格飞说话，她的声音让我心惊肉跳，感觉内脏被一只无形的手绞在一起，就如拧抹布一样，被拧干了。我几乎都快喘不过气来了，心脏是拳头，自个打自个。我觉得我的骨头就快断了，连站都站不直了。我希望她能快点离开，好让我利索地喘几口气，但我又希望她能永远坐在那儿，即使怀着别人的孩子，我仍能感受到金黄色的诱惑。因为她的存在，我时刻都能听到一些声音，类似蜜蜂起飞时翅膀的震动声，那声音就在耳边，它是如此的美妙神奇。

我屈服于孤独与渴望，屈服于内心虚幻的真实，可即便我屈服于内心与世俗中的一切，所有的假设仍是不成立的。

莫文站在格飞一边，没怎么开口说话，也没怎么看我，我倒是瞧了她好几眼，几乎没怎么变化，还是老样子。曾与母亲说起过我与莫文的事，母亲倒是挺喜欢莫文的，喜欢她的朴实坦诚，她是看着莫文长大的，知根知底。按母亲的话说，我与她倒是挺般配的，这样的女人做妻子该是我的福气。

那年过后没多久，就听说她结婚了，男人是隔壁镇上的，一家三代都做豆腐。那时，我也已经和香同居了。

打过电话后没几天，格飞就来了，拎了些水果与补品，母亲带着她出现在我的麻辣烫摊前时，我紧张得连脚都软了。

她坐在我的摊位前吃我做的麻辣烫，我不知道要与她说些什么，只是一个劲地问她这个是否要吃，那个是否要吃。她要了一串青菜和一串海带结，说味道很好。她朝我微笑，是她的微笑，有距离的、有点傲气的，但却非常灿烂，一点也看不出是一个半年前刚生过孩子的女人。她的微笑让我轻松了不少，于是便与她有一句没一句地说起话来。

她很快就将盘里的青菜与海带结吃完了，微微摇头笑道："真的挺好吃的。"我有些兴奋，又忙着给她做了一盘，我特意多放了些佐料，但她吃了一口后，几乎就没再动筷子。

那天，她穿了套质地与款式都很考究的米黄色圆领套装，外面加了一件黑色风衣。她的体形与我第一次在校门口见到她的时候一样，几乎没什么变化，仍那么纤弱修长，但脸上少了些清秀与可爱、多了点妩媚与成熟。她坐在梧桐树下的小桌子旁边，桌前放着一盘吃过一口的小青菜和海带结。她在我面前谈她那可爱的已经六个月大的女儿，尽管我对婴儿一无所知，但仍不时地哼哼几声。

阳光透过梧桐树枝照射过来，一抹柔和的光照在她那非常轻软蓬松的黑发上，也照在她那瘦长白皙的脖子上，她那微微倾斜的两肩以及隆起的胸脯上……

格飞那隆起的胸脯让我有些不知所措，与香纠缠在一起的感觉像洪水一样瞬间淹没了我的全身。与香的身体纠缠在一起的时候我会藐视一切，所有的东西都已经不重要了，我完全沉没在她的肉体当中，嫩黄色的蝙蝠衫也离我越来越远。金黄色只是梦幻的色彩，现实生活中，只要香有意图地扭动一下她的细柳腰，心里的火就会快速烧遍我的全身。我的双手有一种无法遏止的要求，去摸她的细腰，去摸她的肌肤。我爱她的细腰，我爱她的肌肤……我没有了原则，就像她与别的男人跳舞跳得那么晚回来，我也不会长时间地发怒，我甚至还会说，下次想跳就去跳吧，跳跳舞对身体有好处。我趴在香的身体上，将所有内心的不平全都洒在汗水里，我疯狂地努力着，直到我快要失去最后的一点残余精力为止……累了，疲倦了，便会睡着，睡着了，现实中的一切也就在梦里远去了。我渴望通过某些行为，在精神上寻求着一种平衡，或者自我解脱。不这样，我又能如何？然而一切都离我远去了，包括香。

我此时正置身于高中校门口的梧桐树下，坐在我的麻辣烫摊后面，我的身体还没有完全恢复健康，前面的路仍旧被浓雾笼罩着，一时是看不清的。格飞坐在我的摊位前，嘴巴有节奏地一张一合，我知道她在说话，但我听不清她在说些什么，意识有些模糊。我的目光越过她的胸脯，落在了远处的公路上，眼睛里的公路只是一条不成形的线，看不到具体的东西……

对于格飞的想象，就像一个出色的演员在舞台上的表演。我在那片金黄色的想象中感觉到自在、美好、向往、安慰，以及自我折磨，这样的感觉是我在任何其他女人身上都感觉不到的。

许多年前，那个穿黄色蝙蝠衫的格飞站在梧桐树下，朝我微笑，然后从我身边走了过去。我记住了她，并且将她的影子折叠起来裹住了我的心脏，从此，我的心脏在她的影子里孤独而又疯狂地跳动。今天，穿米黄色套装黑色风衣的她坐在梧桐树下，坐在我的麻辣烫摊前。也不过待了一个多小时，她便站起来准备走了。

终究是要走的，来与去只是个不具体的形式。她走的时候还说起了她打算开始写的那个小说的结构，我只是听着，感觉中很多事情已经离我非常遥远了。

她走远了，我仍旧守着我的麻辣烫摊，母亲送她去了车站。

头顶上的梧桐树叶在风中簌簌低语，发出簌簌声的叶子已经不是当年的梧桐叶了，记忆经常被现实打破，成了阴影下的碎片。

第二年春天，我的身体已经恢复得差不多了。我去了省城，在一家酒店里做中式点心。我也不知道能在那家酒店做多久，但总不能一直待在校门口卖麻辣烫吧。

摊子交给了母亲，天气好的时候她就出来做做，与整日闷在家里比起来，这对她的身体更有好处。

第五章

Chapter V

我又添了一次水。

　　新冲进来的开水是滚烫的，我微微咧了咧嘴，露出惬意的表情来。真的很舒服，身体像花一样舒展开来，全身湿润，皮肤有了弹性。水的热度在我的身体里起着美妙的作用，使我焕然一新，那感觉饱满醇厚芳香四溢，精气神重新凝聚起来，往事如新。

壹

　　她的嘴唇在哆嗦，她又准备哭了，她哭出来了。我搂着她颤抖的、瘦弱的肩膀，夜如此漫长闷热，我不知道该如何安慰她，我偶尔会轻轻地拍拍她的后背，就像哄孩子一样。我心里充满了疼爱，很想为她做点什么，可却什么都做不了。

　　夜已深，我说："回去睡觉好吗？"她可怜又而无助地点点头，并用袖口擦了擦眼睛。

　　她走了，脚步声穿过无人的走廊，听起来清晰而结实，却又让人觉得轻飘空渺，像梦幻一样不真实。脚步声渐渐远去，在走廊的尽头转弯、渐行消失。

　　她叫秀儿。

　　她很瘦，几乎没什么肉，唯一饱满出彩的地方是那双明亮无辜的眼睛。她应该是漂亮的，有婴孩的面孔，妇人的神态。她的微笑里深藏了寒冷，如此忧郁。

我与她在同一家酒店工作，她是服务员，外省人。她喜欢找我说话，下班后，偶尔也会一同去街上走走。她也会来我住的地方串门，说话时喜欢把手规规矩矩地放在桌子上，苍白的、尖瘦的、毫无活力的手，时不时地还会神经质地抖动一下。

　　也没别的可聊的，大多只是诉苦。她经常被男朋友打，两个人在一起有两年了。他脾气又大又坏，动不动就抽她，抽过之后，又会哭鼻子淌眼泪下跪，说他爱她，在乎她，心痛她，以后不会再动手打她了。都是些老套的、哄小孩的话，也就一转眼的工夫，他又朝她抡起了巴掌。想离开他，每提出一次，他就打一次，哀求一次，下跪一次。她总是不安，总是害怕。

　　她说，她快被逼疯了。

　　她男友是一家公司的保安，白天回租来的小屋睡觉，晚上去上班。我们住的是酒店里的出租房，她住三楼，我住二楼。所以，她经常会来我的小屋哭诉，就那么坐着，轻轻地流泪，哭够了，便上楼睡觉。那保安我见过，高大结实，一脸横肉，走路时喜欢夸张地摆动双手。

　　她男朋友说，如果她要离开他，他就用硫酸给她洗脸，让她享受一下硫酸洗脸的快感。他对她发誓，他肯定会那样去做的，无论她跑到哪里去，他都会找到她的，找不到她，他便会去找她的家人，让他们都不得安宁。他说，他肯定是不会让她好过的，他宁愿去坐牢，坐牢没什么可怕的。

她一次次坐在我面前，肆意地流泪。我陪着她，尽量少说话。她其实也并不需要我说什么，语言在大多数时候都是多余的。我其貌不扬，是酒店里最安分老实书呆子气的男人。她说，你让我觉得安全。她太无助了，泪大颗地滴落在桌子上，一大片潮湿。我似乎掉了进去，被她的眼泪融化了。

她的家远在外省，父母都是农民。她无助，贫穷，软弱，我知道她需要安慰，但我除了静静地坐在她面前听她哭泣外几乎想不出别的更好的办法。她哭泣时，我的内心同样在经受着折磨，我甚至会在梦里看到她坐在我面前无声流泪的样子，酸咸的泪水把我的梦都打湿。

来坐的次数多了，有天晚上，她就留下来了。白天，她男朋友又打她了，因为一点点小事。是秋夜，她穿得很薄，隔着衣服，能感觉出她身体的轻微颤抖。夜迟了，她起身，准备离开，我站起来送她，给她开门的那刻，脑子突然一热，转身将她搂过来"留下来吧！"

她留下了，没有多少犹豫，一切都是自然而然的。

她那么瘦弱，没有多少肉。她脱去衣服，动作缓慢，精疲力竭的样子。雪白的胸口有被打的紫青色痕迹，我伸出手去抚摸，有酸楚的疼痛，那么多的瘀痕，让人伤感。

我将她拥到怀中，动作尽量轻柔，怕碰伤了她。她像个孩子般躲了进来，一点点用力地往我怀里钻，用了劲的，似乎想借此逃离外界的一切。我们被某种巨大而忧伤的力量吸引在一起，沉浸其中，爱的力量在此间凝聚升起，渴求突破，它们横冲直撞，变得汹涌澎湃。

　　她努力着，却又不能够，只有用手死命地抓紧我，将身体紧紧地贴在我身上，痛苦而压抑地喘息。我呼吸急促，带着她一起逃往让人晕眩的深渊，疯狂而炽热……

　　过后，她静躺在我身边，身体软绵绵的，散了架似的。过程中，她一直在淌泪。我想，我是那么地心疼她，我们在一起的不仅仅是肉体。她伸出手来，抱住我的腰，蜷缩在我的怀里，猫一样。

　　她说：带我离开吧，我跟你走。

　　我说，好的。我是那样说的，但心有颤抖。

（贰）

　　我每天都很紧张，害怕见到她的男朋友。

　　我觉得自己就像是一部悲剧电影里的男主角，每天都被紧张与害怕所困。我总是往最危险的那一面去想，心想带着秀儿离开，却怕那个男人会像鬼魂一样追随我们，怕他用硫酸给秀儿洗脸，怕他折磨得秀儿一家不能安宁。

　　我与她在一起总是小心翼翼的，怕被她的男朋友觉察，怕惊动任何人，在还没有想出一个万全之计前，我不想让任何人知道我与秀儿的事。

　　我是酒店的面点房师傅，秀儿是包厢的服务员，上班时很少会碰到，即使遇上，也尽量表现得平常。我能做到，但秀儿每次在酒店见到我，总会仓促一笑，那笑里有难言之意。她才二十二岁，这样的年龄应该是五彩缤纷的。每次看到她那仓促无助的笑容，都会让我痛恨自己。

我不让她一下班就跑到我的房间里来，楼里住着很多酒店的员工，我不想让别人猜测什么，她答应了，总是会等到夜更静的时候，再偷偷跑到我的房间里来。

从秀儿留下过夜的那晚后，我睡前从不给房门上锁。我躺在床上，不开灯。我喜欢黑暗，它使周围的东西都失去了轮廓，你不用费心去观察事物的景致。黑暗能给人带来温柔的心境，夜风如清凉的水波般从窗口涌进，白天衍生出的浮躁不安之气，全都被夜风涤荡干净。我躲在浓重的夜色里，远离了人群，也远离了一切麻烦。

我躺在床上静静地等待，除了等待，我还能做些什么？

她来了，仍旧不开灯。就在黑暗中脱去衣服，蹑手蹑脚地爬到床上来，我将她搂在怀里，细细的腰，没有多少肉的身体，我用被单将她裹起来。她有时会轻轻地躲在被单里哭泣，他肯定又打她了。

我将她抱起来，放在身体上，我不敢再对她说什么。说了就得做，可我不知道自己能不能做到，所以还是不说的好。我会对自己说，再过些日子吧，过些日子我就带她走，或者等拿了这个月的工资我就带她走，我真的是这样对自己说的。

她哭累了，便在被单里睡着了。睡着片刻，又会惊醒过来。她醒来后，便是无边无际的温柔，那样的温柔可以将人淹没，使人窒息。她用手抚摸我的脸，呢喃着我的名字。她的声音很细，线一样的，那根线将我缠住，越缠越紧。

她似乎每夜都会强烈地渴望着我的激情能将她点燃，在燃烧中忘却，逃离。我在她的温柔里不能自持，我和她一起掉进去，是个不见底的甜蜜深渊。

爱欲潜藏在我们身体的每一个角落，一碰即发。我希望她的全部，都是属于我的，我要带她离开这儿。每当与她一起飞翔时，我都会在心里呼喊，我甚至会在她耳边呻吟，一起走，走，走，走。我说，你是我的，你是我的，你所有的一切都是我的！在最癫疯的痴迷之刻，我总是这样反复。

我抱着她，一遍又一遍地抚摸她。她在我怀里安安静静地睡去，像个婴儿，嘴里不时发出几声咕哝，如婴儿吮奶的声音。我在稀薄的夜色中看着怀里的她，鼻子、眉毛、耳朵、嘴唇都只是一个大致的轮廓，给人一种毛茸茸的感觉。不过，这种雾里看花的朦胧却给人一种美到极致的印象。

我将她搂紧一些，生出些脆弱的疼爱和令人欲哭的缠绵，想起她身后那个长着满脸横肉高大强壮疯野危险的男人，绝望和惊恐在空气中一点点滋长起来，让人难以心静。

她白天沉静，一到晚上，却显得疯狂，她在压抑中学会放肆地诱惑我，两个人都不能自持。彼此都能感觉到对方肉体里的激情，它来自于恐怖、矛盾、折磨、欲望、无助……黑暗中，互相搂着，任由身体在危险中飘远……

两个人都疲倦了，在黑暗中静静地躺着，与夜色融为一体。"我怕！"是秀儿的声音，那声音听起来就如一根发丝在断裂。

"我真的非常怕。"她又补了一句。

我也很怕，我不知道能将她带到哪里去，不知何处可以让我们安生，不知道自己的勇气能支撑我走多远。我的犹豫不决让我无从开口，我抱着她，沉默。她的呼吸时而绵长时而急促，我知道她正在等待，等待我的答复。可是，关于方向，连我自己都一无所知。

我唯有用手安抚她，在她赤裸的身体上来回地画圆，动作轻柔，生怕伤着她。原以为她已经累了，会在我轻柔的抚摸下睡去，却不曾想，她疲惫的身体竟然在我的手中复苏过来，她扭动身子，翻身，受伤的小兽般伏在我身上，用微颤的嘴唇亲吻我。

就如冬日里的枯草，本以为它就此了无生气了，谁知春风一吹，柔手一碰，它又哆哆嗦嗦地铺满了一片生机盎然的绿。那新生出来的绿，娇嫩得能让你发狂。在新奇的感觉中，两个人又孩子般地癫疯起来。

天亮之前，她会起来悄声离去，那时，我正在梦里。

　　梦就像一块布，天蓝的底色上有金黄色的向日葵花。有个柔弱的女孩，总是带着一抹微笑，克制而冷漠。是格飞，她的表情中毫无卖俏之意，眼神变幻莫测，明亮中透着狡黠，而后又突然变得遥远而陌生……

叁

　　休息日，我一个人到街上瞎逛，没有任何目的。中午时，我在一家小店里吃了碗面条。店主是个与我差不多大的男人，还有一个帮工，可能是他的母亲，那老母亲手上沾着面粉，收钱，洗碗，扫地，忙里忙外，满脸憔悴。城里像这样的小店太多了，大街小巷，只要你留心，它无处不在。当然，会留心这些小店的，都是些像我这样袋里没几个钱的打工仔。

　　我在店里坐了很久，喝下了半斤装的白酒，喝得头昏脑涨。酒流过我的身体，进入我的血液。这个世界变得模糊，只剩下我一人。香不见了，格飞永远在路的尽头，莫文嫁给了一个卖豆腐的，秀儿像条鱼一样悬浮在水中，父亲的怀里抱着别的女人，母亲一个人守在孤寂清冷的家里……

我出来时，身上没带身份证，如果我走在大街上被车撞死了，谁也不知道我是谁。死了后，一个人孤单地走在幽深的暗道里，没人认识我，没人会与我打招呼，即使有人认识我，他们也不太愿意与我这样的人打招呼。做鬼，也是个孤独的野鬼，一个无能的长相丑陋的瘦鬼。在鬼的世界里，仍旧要为三餐奔跑，为要不要带秀儿离开而犹豫徘徊。竟然还会为要不要带秀儿离开犹豫？做鬼也做得不清醒，以为自己还是人。

　　酒让我倍感孤独，秀儿男朋友上班的地方离小店只有两百米，晚上六点，他会准时出现在那幢大楼的门口。我想继续喝下去，一直喝到晚上六点，我会在喝酒的过程中，趁店里的主人不注意，偷一把尖刀藏在怀里。酒让我身上的血一点点热起来，直至滚烫沸腾，胆气冲天。我会朝秀儿的男朋友走去，尖刀从后面奋力捅向他的后背，刀露出来的部分会在夕阳的折射下闪闪发光。他痛苦地转过身来，那蛮横的脸会在疼痛中扭曲，滚烫的血在我身体里飞速流动，让我激动地战栗，勇猛向前。我闭上眼，将尖刀从他后背抽出，再跑到他的前方，把沾有他自己鲜血的尖刀刺向他的胸膛，血会飞溅出来，洒在被阳光晒得发烫的水泥地上，金灿灿的，像花儿一样。

　　他笨重地倒下去，躺在干了的血花上挣扎，抽搐，然后慢慢地平静下来，四肢舒展开来，彻底地死去，那把尖刀还插在他的胸膛口。夕阳已经下山。

他死了，秀儿就自由了。秀儿想嫁给谁就可以嫁给谁，想到哪里就到哪里。她会嫁给我，她会随我离开省城，回到我的家乡。我们会在县城开家小店，小店大小就如我现在喝酒的这家一样。开这样的小店我是有经验的，秀儿会是一个很好的帮手，我们互相照顾，恩恩爱爱，我们会生个女儿或者儿子，还是生个儿子好些，而且要一个胖儿子。儿子让我母亲带，让他在家里陪母亲，有了胖孙子做伴，母亲就不会再寂寞了。我们的店会越开越大，等到儿子快上幼儿园时，我们已经有钱在城里买房子了。我们将母亲与胖儿子接到城里来，儿子上幼儿园，母亲负责接送。四个人偶尔会在傍晚时分到江滨公园散步，儿子在草地上顽皮地跑来跑去，母亲像老母鸡护小鸡一样在后面快乐地追赶。我搂着秀儿，看着跌倒在草地上的儿子微笑。江风很柔和，一切都是实实在在的，非常的美好……

可我不能去杀他。他死了，我也就得死。我会被枪毙，子弹将从我的身体里冰冷地飞过，我倒在地上，会死得十分卑微难看。

我死了，秀儿就不是我的了。死了，这世界就与我无关了。可他如果活着，即使我带秀儿走，我与秀儿一辈子也不得安宁，谁知道他会做出什么事来，谁都不知道。那么他是该死的，但我又不能去杀他，杀了他，我就得死。我也不能死，死了，什么都没了。

如此反复着，谁也不知道答案。一切只在痛快淋漓的想象中进行，不过，再怎么痛快淋漓，只是想象。他死不了，我也死不了。

只能可怜地活着，孤独地活着总比寂寞地死去要好。

秀儿会不会是我的，那就由上天来定吧。我承认我是无能的，是懦弱的。我又喝了口酒，付了钱，回到大街上。双腿支撑着沉重的肉体，就如已经死去了灵魂的僵尸。我在一家服装店门口停住了，那儿挂着一件淡黄色的风衣，嫩黄，看起来让人心里暖洋洋的。我进去，用手摸了摸，布料很滑，就像秀儿的皮肤。我想到她赤裸着身体小兽一样蜷缩在我身边的模样，让人绝望。

我对店员说："我要买这件黄色的风衣，给我老婆买。"声音很响，理直气壮。

买了风衣后，我又给她选了一条黑色的、薄而透明的纱巾，我要将它遮在秀儿的脸上，那是张诱人的脸。

晚上，她来了，没开灯。我在黑暗中等她，她侧身从门边悄然进来，我将她拉过来搂住，她的衣服被我的手一件件剥掉，就像春天剥开花朵，一瓣又一瓣。

她那般顺从。夜色从窗外透进来，照得她如此圣洁。

她伸出手摸了摸我的脸，是一张丑陋的脸，一张让我自己感到不安的脸，因为内心里根深蒂固的自卑。我将她的手从脸上移开，移到我的胸前，胸前肋骨突出，皮肉不见踪影。她的手在肋骨间游走，我闭上眼睛，喘息，任她把握。小提琴演奏的梁祝变成一只只蝴蝶，在耳边温柔地飘舞，我渴望在她的手里融化，直到变成一摊甜蜜的温水，让她的身体永远浸润在里面。她的手所到之处，一片战栗。每一处，无不在战栗。

我扯过放在床上的风衣，将它披在她的身上，衣服水一样光滑柔软，我隔着衣服抚摸她，她的身体是凉的，透人心肺的凉。我用黑纱巾遮住她的脸，我隔着黑纱巾吻她，吻遍她的脸，她的眼睛，她的眉毛，她的耳朵。我躲进她的风衣里去，那是另一片灿烂的天地，我看到了星星、阳光和月亮，我闭上眼睛，她抱紧了我。

她哭了，她的眼泪汹涌澎湃，我吻着她的眼睛，泪水顺着我的嘴唇流进我的身体，所经之处，留下一路咸涩……

她说："带我走吧。"

她说："我受够了，再不走，我就一个人走了。"

泪水淹没了她的眼睛，我用嘴唇去亲吻她，泪水淹没了我的嘴唇。我轻轻地拍着她，就像哄小孩般拍着她赤裸的、瘦弱单薄的后背。

我一直没开口说话。

我怕，我怕。我承认，我如此胆怯。她哭够了，她说她累了。她说她想睡了，我把她抱到床上，用被单将她盖好。我打开床头灯，灯光调在最小的那一圈。我在她旁边躺下，她将头埋在我的怀里，抱着我的腿，如猫一般。

夜深了，她醒来后会独自离开。离开他，也离开我。有那么一会儿，生出些疯狂的念头来。我为何如此害怕被他毁灭？我为何不能冒次险？要等到什么时候，等到我两眼一抹黑的时候？我要带她走，或者和她一起死去。如何死？跳水、跳楼，都行，或者啃她的身体，品味她的一切，咬破她，在癫狂的欢爱中，一起死去。

肆

　　她几乎每夜都来，不健康的、病态的爱情，它在疯狂的流着泪水的黑夜中无望地存在。就如幽灵，在每一个寂静的晚上，在我的小房间里，绝望地欢爱。这样的欢爱，无法消除内心深处那一阵紧似一阵的寒噤，越陷越深，越聚越浓。

　　她很憔悴，身上的肉越来越少，眼睛越来越大，我是个吸血的恶鬼。爱情每天仍旧在我的房间里上演，上了瘾般，已经不是原来的慰藉，是放肆，是挣扎，我在放肆中看到了自己真实的卑鄙。

　　门每夜都开着，我有时害怕它被打开，我甚至觉得疲倦了，不知何时是尽头。但她几乎每晚都来。她的眼泪、绝望的情绪、我对自己的憎恨，以及各种各样自欺欺人的话，在孤寂的夜里重复。

一条河流横在我面前，我无法横渡，或者我因为惧怕而拒绝横渡，本来不该让自己卷进去。我不想给自己找理由，我知道已经太晚了。

最后，他知道了。他终是要知道的。

一天夜里，我们刚从狂乱中安静下来准备睡去，秀儿的手放在我的胸前，脚压在我的大腿上。我们相拥着，如果没有敲门声，我们很快就会睡去的。

敲门并不是很响，但听起来却是惊天动地的。很长时间以来，我一直带着恐惧预料自己会听到这样的敲门声。

它终于来了。恐惧，满屋子的恐惧，睡意全无，我的胃开始疼痛。

敲门声只是狂风暴雨的前奏。

他停了片刻，直接撞了进来。我打开灯，他已经站在面前了，古怪的笑声，眼珠子突出来，非常吓人。

是秋天的晚上，外面下着雨，雨声与他的笑声连在一起，我被震住了。秀儿躺在被子里，床上堆着一团乱糟糟的衣服，有我的，也有她的，那些皱巴巴的衣服看起来昏昏欲睡，已经是深夜了。

我从床上起来，我只穿着一条短裤。他摇了摇头，嘲弄地看着我。我很瘦，身上也没有多少肉，全都是骨头，我比他矮半个头，我站在他面前，浑身哆嗦。是的，那一刻，我的身体在可耻地哆嗦。他只是朝我怪笑，我正纳闷时，他的拳头已经下来了。

一拳过来，我便倒在了床上。秀儿傻傻地看着我，我厌恶自己。他走到床边，将秀儿拎起来，像拎一只小鸡。

　　他对她说："我要杀了你，狗娘养的臭婊子。"他说话时，顺便也将我从床上拎起来扔到地上，顺势踢了我一脚，骂道："瘦狗，杂种。"说完，又补了一脚。极度恐惧，我在恐惧中甚至感觉不到任何疼痛。

　　秀儿在他怀里奋力地挣扎着，他打了她一耳光，异常清脆。"你竟然敢背着我和别人乱搞，小婊子，我让你全家不得好死。"他恶毒地咒骂，声音稍有颤抖。我有些虚脱，抬起头，想从地上站起来，却发现他的腿竟然也在颤抖。

　　秀儿拉过床上的衣服往身上披，没等披好，男人就把它扒下来扔在地上，男人还在衣服上面踩了几下。秀儿蹲下去捡起衣服，他趁秀儿蹲下身时，朝秀儿的屁股踢了几脚。被他踢得趴在地上的秀儿抓起地上的衣服站起来，重新穿好。她没哭，她的脸像僵尸一样，没有半点表情，那双出奇大的眼睛里没有任何光泽。她朝他冷笑，他当下就朝她挥去一堆拳头。

　　我从地上爬起来，抱住他的腿："别打她，打我吧，求你了。"我的声音里带着哭腔，他反过身来又踢了我一脚。

　　他说："就打给你看，她是我的女人，我爱怎么打就怎么打！"他握紧了拳头没头没脑地朝秀儿挥过去。

极度的恐惧带来的是倒塌的感觉，我快晕过去了。秀儿突然尖叫起来，她扯掉自己身上的衣服，赤裸着，疯了似的扯自己的头发，歇斯底里地尖叫。尖叫声在夜色里划行，穿透所有的障碍，惊醒了梦中的人。

整幢楼里的人几乎全都听到她的叫声了，我听到楼道里有开门声，众人从梦里醒来，过来好奇地观看，大家都知道了。

她站在屋子中央，披头散发，赤裸着身子，那么美，舞着手，跺着脚，仰着头，拼命地尖叫，她全然不顾了。我的身体在她的尖叫声中一点点下沉，我祈求宽恕，我哭泣起来，我竟然哭了，是一个男人的哭泣声。

恶毒的男人也听到了楼道里的开门声，他被秀儿的尖叫声弄得有些惊慌失措，他瞪着眼朝四周看了看，然后抓起床单把秀儿包裹起来，把瘦弱的没多少肉的秀儿横腰抱起，开门就走。走之前，仍没忘记回过头来狠狠地踢了我一脚，整个过程中我一次都没还手。我没有打架的欲望，我清楚地知道我不是他的对手，如果有借口，这就是我所谓的借口。

他的脚步声消失在走廊的通道口，一切都已经结束了。

第二天早上，她就离开了。她最终还是离开了，是与他一起离开的。我猜测，绝对是他强迫她一起走的。

悲剧终究是要结束的，迟早都一样，我无法改变结果。我有时想，也许这就是最合理的结果。她终究是他的，我甚至有一种解脱的感觉，是罪恶的，但只有上帝知道，这种感觉确实在我心中真实地存在。

我欠着债，是个卑微的恶人。

伍

秀儿走后，白天我仍旧去酒店上班，晚上呈现出一副萎靡不振的醉态。我不知何时能清醒过来，我想一辈子也就这样了，用不着清醒了。

店里的人几乎全都知道我与秀儿的事，早在她男朋友撞破我的房门将秀儿粗野地抱走之前，他们就已经知道了。大家每天都在同一个酒店上班，在同一幢楼里睡觉，无论如何掩藏，总是会有流露。他们的眼睛、他们的耳朵清清楚楚地告诉他们在黑暗的夜里有可能会发生的一切。除了看到的、听到的，他们还有足够的理由去猜测。我和秀儿只是掩耳盗铃的傻瓜。

他们当作什么都不知道，我独自装糊涂，日子照旧。几个月后的某一天，老板娘对我说，她收到秀儿的来信，她告诉了我信里的内容。

那天早上，他强行将她带走，他们是坐火车走的，是硬座。她对面有个男人，从她上火车后就一直盯着她看，那男人个子不高，衣着得体，长得也很精神。他看着她，目光里没有邪意。她也看他，男人的目光从不躲避，很勇敢，还有浅浅的笑。她那个邪恶粗野的男朋友用手暗暗掐她屁股，朝她翻白眼，也朝那个男人翻白眼。那男人面对白眼，表现得相当平静，他就那样专注地看着她，他的眼睛在说话。秀儿知道，她生命中最需要的只是安全与宁静。

中途，男人下车了，男人在下车的那一刻还回过头来朝她微笑，微笑意味深远。那节车厢下车的人很多，下车的人在她身边挤来挤去，挤得她心里乱乱的。她趁邪恶粗暴的男朋友不注意时偷偷地溜下了火车，是一个小车站，只停两分钟。等她男朋友发现她下车时，火车已经开走了。

她在车站门口追上了那个男人，男人在她面前站住，静静地看着她，似乎早知道她会追上来，牵起她的手，朝她温暖自信地微笑。

她与他一起走了。

邪恶的男朋友去那个小县城找过她，他要她与他一起走，如果不走，他要让她全家人都不得好死，他要让她一辈子不得安宁。他还咬牙切齿地指着她的鼻子说："小心你的脸蛋，小心你那张婊子养的漂亮脸蛋……"

已经与秀儿住在一起的男人一直站在她旁边，紧紧拉着她的手，没说话。当邪恶的男人越骂越有劲时，他冷不丁地放开她的手，拿起身边的拖把，朝那个邪恶的男人的头挥打过去，下手够猛够准。

　　邪恶的男朋友一下子没反应过来，等清醒时，便做出一副要与人拼命的样子，眼睛瞪大，脸上的肌肉僵硬。他起先拼了命地还手，用力很重，出手笨拙，根本无法靠近灵巧的对手。他跺着脚大喊大叫，丑态百出，因为一直打不到对方，他后来就索性站在那儿不动了，虽然不再还手，但身体却在那儿不停地颤抖。身体的姿势会出卖自己，虽然他长得结实、强大，骨子里却是个不会打架的草包。

　　秀儿的男人告诉他："如果有胆量再来打扰我们，小心我找人揍扁你，如果敢去打扰她的家人，那就先把你自己家里人安顿好。"

　　粗暴的男人从此再没去找过她，也没敢去她家找麻烦。他到底还是怕死的，他从秀儿的生活里彻底消失了……

　　秀儿本该写信给我的，但她没这样做，她故意将信寄给了老板娘，她知道那婆娘是个快嘴婆，寄给她就等于故意想让大家知道她的近况。事实本身就非常具有嘲讽的意味，秀儿用这种方式向我表明了她的怨恨以及轻视。我说过，我是一个欠着债的人。

陆

　　我讨厌自己，这样的感觉无处不在，它没有固定的形状，就在我的身体里，向内扩散，延伸到与死亡有关的那端。

　　我变得比以前更为孤僻，被带了寒气的孤独所围。我这卑微的灵魂因秀儿变得更为卑微，会梦到她，会不停地被她亲抚。在梦里沉迷，以为失而复得。

　　秀儿离开后，我学会了上网，沉迷于虚拟世界，不能自拔。每月的工资全都拿来泡在网吧里，身体越来越虚弱，魔鬼在暗处守候……

　　魔已上身，人很容易习惯逃避，远离现实。半夜从网吧出来，身体虚飘飘的没有重量，街道上到处都是冷风，小心翼翼地走在寂静的街头，怕自己在街上散了架，骨头成了碎片，怕被风吹走。我会在这样的时刻想起格飞，她穿着黄色的蝙蝠衫，站在学校门口的梧桐树下，脸上露出甜蜜的小酒窝，她灿烂的笑容……

那段日子，胃里就像长了一个疙瘩，是郁闷的结。肺里缺氧，肠子整日发出些可怕的咕噜声。

也不知道有多久没看书了，我试着想静下来读点什么，却读不进任何东西。日子一天天过去，冷了穿衣，饿了吃饭，到点了上班，有空就去上网，行尸走肉。这样的日子一过就是一年多，早就厌倦了，却继续着。

有天早上醒来，看到窗外挂着一条血红的光，就悬在天边，久久不褪。是不祥之兆。

几天后，母亲打电话来："他死了。"声音出奇的冷静，轻描淡写，就像家里死了一只鸡一般。

我是听着他的丑闻长大的，都是些声名狼藉的事，有一些怨恨老早就潜伏在我的体内，我们都在等待着他的消失。母亲像母鸡护小鸡一样护着我，我的世界里几乎没有他的存在，我在孤独中长大……一个又一个夜晚，是母亲孤独的夜，是他在自己的世界里纵欲的夜。我仍旧记得他房间里那个陌生的女人，以及那些个白天或半夜里到他房间里与他纠缠在一起的、我没见过面的女人，我记得关于他的一切丑闻。

我一直觉得我早该做点什么，去暴打他一顿，或者指着他的鼻子对他怒吼，可我从来都没有做出过任何举动，除了沉默和厌恶。

如今，他终于死了，真的死了，一个被我称为父亲的男人。

是雨夜，很大的雨，很浓的雨雾。他喝酒了，他不能停止喝酒，就像他不能停止去找女人。不是爱，是乱，是无度，总是会有后果的。他嗜酒，变态的嗜。

喝了酒，照样去上夜班，在雨夜的铁路边走动。也不是说在上班，只是一种习惯，他或许并不知道自己在做什么。只知道在铁路上走，一直往前，摇呀摇，晃呀晃，不知身在何处，机械地走着，没人知道他。

他在生与死之间摇摆，是欢乐的，无知的，对他来说，或者什么感觉都没有了。

摇摆着，累了，摇摆消失了。也许是倦了或是迷糊了，他倒下去，躺在铁路上。冰冷的铁路。雨，很大的雨。他几乎没了知觉，知觉早已经在倒下去时就消失了。

火车来了。火车是肯定要来的，它的方向不会改变，是给他送路的火车。

肉体，四分五裂。血，被雨水冲走了，浸到石头裂缝里。腿、手、头、脖子、屁股，分开了。是分开后的完整。它们曾组合在一起，曾自认为是快乐的。无论怎样，肉体无罪，迷失的只是灵魂。

一盏灯熄灭了，再也不能言语。

他的一生从此结束。

那个雨夜里，母亲一个人躺在老家的床上，听着寂寥的雨声，然后在寂寞的夜里做梦。梦醒后，天差不多也亮了。母亲接到消息，他们说，他死了。母亲朝雨后的太阳看了一眼，很刺眼的光，干净透亮。这才发现不在梦里，梦已经醒来了，便长长地松了口气。

人死了。他们问活着的人有没有要求。活着的人肯定是有要求的。母亲一夜间突然变了个人似的，没有悲伤，也没有废话，只有清晰的目的。

母亲对他们说："二十万。"

"不同意。"他们说，"他是喝了酒的。"

"他死了。"母亲说。

母亲把它们摆在铁路上，苍蝇围着臭肉嗡嗡乱转。是他的肉，是尸体。活着时臭名昭著，死了，臭气熏天。母亲不在乎，因为早已经没有爱了。母亲拿着个小木板凳坐在那些臭肉旁边，母亲一坐就是两天，母亲还准备继续坐下去。她没有废话，要的是结果。

他们烦了。给了母亲十五万。这合了她的心意。

一切都结束了。

母亲拿到十五万后，那一块块肉就被送去烧掉了。母亲从十五万里面拿出了一百元，给那些臭肉买了一个骨灰盒，他成了骨灰盒里面的一小撮灰。母亲将盒子带回家，将那撮灰撒在自家的菜地里，盒子扔进小镇街头的垃圾桶里。

一切都安顿好之后，母亲打电话给我：他死了，你回来吧。

我离开了打工的那家酒店，离开了那间秀儿像幽灵一样每夜都来的、上演过病态爱情的房间，我想我再也不会回去了。

父亲的死不带任何传奇性，死了也就死了，我没有流泪。他的世界在车轮子底下彻底结束了。

他的结束是我的开始。

捌

我拎着烟和酒去了校长家。烟是好烟，酒是好酒，校长是我以前的语文老师。格飞和我在这所学校读过书，我曾在这所学校门口的梧桐树下卖过麻辣烫。

我对他说："我回来了。"

我还说："我想承包学校里的食堂。"

学校里有两千多个学生，中午几乎全都在食堂用餐，早晚餐至少也有一半以上的学生要在食堂里就餐。食堂归学校总务处，管理十分松散，每年甚至还倒贴钱。如果承包过来，按我自己的思路去做，绝对有利可图。一个学生身上每天赚五毛钱，一年下来，数目也是可观的。

校长没同意，理由是学校从来没有过把食堂承包给个人的先例。

我一个礼拜去他家一趟。我说，任何事情做了就有了先例。我所交的承包费，可以给老师做奖金，学校减轻了负担，学生可以吃到搭配合理的饭菜，这是件好事。

校长说考虑考虑。一个月后，他同意了。我一次性交了两年的承包费，开始正式接手食堂，所有的一切都按我原先计划的快速操作……

每天早上四点钟起床，晚上十点钟睡觉，我微驼的肩膀上负着的是整个食堂。总是有回报的。两年下来，我赚了许多钱，但到底有多少，除了我自己清楚外，别人谁都不知道。第三年，很多人都想来承包。

校长说，大家一起投标吧。我也去投标，这一年的承包费比前两年的总和还高出了五万元，但一年下来，我仍旧赚了不少钱。

第四年，想承包的人越来越多，竞争的人一多，承包费就往上涨。仍旧是投标，但这次我没去，可以退出来了，差不多已经到头了。

我带着钱去了县城，在城里开了一家酒店，有五百多个平方，酒店装潢得简朴大方，专门经营各式各样的中西早点、小吃以及几十个品种的营养粥、煲仔饭。这是县城里独一无二的。它的出现，改变了城里人到街头小贩的摊位前吃早点的习惯，并且大大提高了他们的早餐质量。

县城几乎有半成以上的上班族都是在我店里吃早

餐的，另一半人不在我店里吃，因为店里坐不下，他们在我店里买了早点后带到单位去吃。中餐与晚餐，照样顾客满堂，喝粥的声音填满了酒店的每一个角落。

第一年下来，我又赚了不少。我为此付出的努力足以让一般人晕眩，但对我而言只是小菜一碟，比起那些个要整天忍受机器轰鸣的日子，这样的付出真是天差地别。

两年以后，酒店像一只被我养熟了的小狗，它可以每天按照规定的路线出去散步，然后再按原路走回来，我不用再整天牵着它的鼻子走路了。

从承包学校食堂到开酒店，我几乎把自己当成了木头做的陀螺，每天早上醒来就是一鞭子，木陀螺趴在地上飞快地转呀转，总有转累的时候，但没等它停下来，第二鞭又下去了，它继续趴在地上飞快地旋转。一晃，就好几年过去了。

得要考虑些别的事情了。我先在城里买了套二百多平方米的大房子，按自己的口味装修得舒适而又得体，随后又在最主要的商业街买了四间店铺。

房子、店铺、餐馆，表面上看起来似乎与以前不大一样了，但实际上，我知道本质还是一样的。依旧矮小瘦弱稍微有点驼背，粗糙的黑皮肤，看起来有些邋遢。生来就这样子，穿得再好也是那副德性。

与以前一样不喜欢与人来往，但却有那么些人，开始陆陆续续地找来了。都是些以前认识的人，譬如同学，譬如家乡小镇上住着的同龄人，这些人以前在路上碰到也很少说话，但现在他们都找来了。

他们到我店里来吃饭，像老朋友一样拍着我的肩膀与我称兄道弟："老兄，该请客了！"他们在我的店里吃腻了，就拉着我出去吃。每次都是我请客，说实话，陪他们吃饭特别没劲，不过，我喜欢埋单时的感觉，这来之不易的埋单的感觉……

吃完饭后，他们一般还会去唱歌、跳舞或者找地方搓麻将，我则独自一人提前回家睡觉。

回家后没什么事好做，也不看电视。我一看电视就会想起香坐在床上边嗑瓜子边看电视的样子，我痛恨她的那副模样，更痛恨自己躲在被窝里按捺着沸腾的欲望等她看完电视的可怜样，我现在一想来就瞧不起自己。

偶尔也会有一种冲动，想去看看秀儿，那个瘦弱无助的女人。她身上几乎没什么肉，唯一饱满出彩的地方是那双眼睛。寂静的夜里，她从楼上下来，躲在我怀里，眼泪无休无止地从她那双大得出奇的眼睛里淌出来，却听不到哭泣的声音。她躺在我的怀里，身体柔软得像一块绸布，一块伤心的、孤独的、绝望的、褪了色的绸布。我想去看看她，可看到她之后又能怎样？关于格飞的浅黄色蝙蝠衫仍旧会出现在梦里，也就在梦里闪现一下而已，就如同一个温暖的手指，伸进梦里撩了一下我的脸颊，然后又从梦里消失了。

半夜醒来时，孤独无处不在。

第六章

Chapter VI

我轻叹一声，在回忆之路驻足。

　　这水盆是木头做的，它是母亲当年的嫁妆，木盆也曾有过大红、润泽、喜庆的色彩，但早已褪尽。

　　今天是我结婚的日子，我有泡脚的习惯，脚浸泡在木水盆里，舒展通畅。泡的时间久了，水的温度下降，这脚就泡得没滋没味了。

　　往水盆里添了大量的热水，脚遇到热水后便有了震颤的感觉。我坐直身体，热水带来的刺激沿脚趾缓缓前行，它快速上升，穿越大腿，往腹部延伸。延伸的过程，变得缓慢纤长。最后，震颤在胸口处停止凝固，凝固成一束刺眼的阳光，传入我的大脑，如同幻药……

壹

　　白天在店里忙碌，晚上回那套大房子里休息，表面看起来，似乎离过去的生活很远了，曾经发生过的事情与现在也没什么关系了，唯独泡脚的习惯还没改变。

　　平日里再晚回去，都会烧两壶开水，坐在沙发上泡脚。将脚伸进温水里，快感通向全身，没有任何阻碍，流畅而舒适。泡完脚，一天才算过去，然后冲澡，赤裸上床，清爽干净，如果能做到不胡思乱想的话，那么很快就会入梦。

　　不久后，城里有了第一家足浴店，是外省人开的。去过几次后，发现在足浴店与在自家泡脚的感觉很不一样，你只要舒舒服服地往靠椅上一躺，其余的一切就不用自己操心了。服务员会替你换上棉布衣裤和麻质拖鞋，亲手将你的脚捧起来泡在用中药浸过的热水中，替你搓洗按摩，半个小时后，再将你的脚捧起擦净，涂上按摩油，给你做一套专业的按摩。刺激你的脚底脚背的各种穴位，促进血液循环，使全身得以放松。

有段时间，我几乎每天都会去那家足浴店，每次去都点同一个工号。她有一双柔美、纤巧、白皙的手，是魔术师的手，轻缓有力，让人欲罢不能……

她说她叫平子，有头浓密的长发，乌黑柔顺并富有光泽，散发着健康的青春气息，她喜欢用一根米黄色的丝巾将它们随意地系起来，看起来无比动人。

她特别白，薄薄的皮肤里能看到青色的经络，皮肤下似乎蓄满了水，一点就破。几乎没看她化过妆，这样的年龄，素净便无敌。

刚开始时，她很少说话，只是微笑，略微带点不安与羞涩。笑时会露出个可爱的小酒窝，就在左边的脸颊上，配之圆形脸蛋上那一双清澈无邪的眼睛，看着就让人心软。

她体形纤弱修长，几乎是瘦弱的，却喜欢穿宽松的棉布料子的衣服，她将身体藏在一件宽大的蓝色棉布衣服里，显得娇媚柔嫩。那纤美的身体在宽舒的衣服里，应该是自由舒适的。我能感觉到她赤裸着的身体在棉布衣服里的舒适，它极具有诱惑性。这样的诱感对我来说，远比那些穿着紧身衣的躯体来得强烈。

我经常久久地凝视她，她却很少抬头看我，她所有的注意力都在我赤裸着的脚上。她是如此专注，那双手带来的感觉，使我不得不闭上眼睛，身体在她的双手里坠落，坠落在一块大草地上，金黄色的阳光铺满全身，被一股从未曾经历过的温柔之力撞击，让人眩晕。

与她熟悉后，我开始带她去我开的酒店里吃各式的小吃，喝各种口味的营养粥。起初她也是拒绝的，看我坚持，就叫了小姐妹一同去。后来开始独自一人与我出去，她稍有矜持，出去几次后，也就习惯了。除了吃饭喝粥，看电影，我也会带她去逛逛商店，顺便给她买些小礼物。有时逛完商场后，我还会带她到我的新房子里去坐坐。

我们在客厅听音乐，聊天，她说她的童年，在农村种地的父母，家里新造的房子，她有时还会说起她的梦。她喜欢回忆。听她说话，我能从她的思路里感受到回忆路程上的花结与纹理。

她叙述，重复，只要是她能记起来的事，她都要让它们在她嘴里发出声音。不说话时，她会长时间地沉默，就那么安安静静坐在我面前，偶尔抬起头来朝我甜甜一笑。笑时，那双奇大的眼睛里闪动着迷人的光泽。

她看起来有着不可思议的透明，她是个直爽简单的女人。仅仅两个月的时间，她让我了解到了她生活里几乎所有的细枝末节。她是外省人，高中毕业就出来打工，有个还在读高中的弟弟。她说她想读大学，她的好多同学现在都在大学里，有些同学是复读两年后才考上的，那些复读考上的同学原来的成绩都没她好……她之所以出来打工，是想让弟弟读大学。

她有时会突然间沉默下来，将身体蜷曲在沙发里，她说她怕冷，她从小就怕冷。她看着我，我们的目光相遇，她的目光让我想到了山林间的湖水，让人心旷神怡。

不久后，她成了我的女人。

（贰）

　　秀儿走了，格飞如空中楼阁，那些离去的女人，带给我的只有更为沉厚的消极，就如草木燃烧过后的烟灰，烟灰覆盖在我身上，薄薄的一层，它与我的皮肤黏在一起，成了我身体的一部分。

　　平子的到来，使我焕然一新，她似乎天生就应该是我的。她身体里潜藏着一股强大的气场，她让我体内暗涌的激情像充了气一样快速膨胀起来。

　　她留在我的住所，躺在我的身边，洁白娇美的身子被窗外透进来的熹微笼罩，她看着我，我从她的眼睛里看到了自己。我对她有不可理喻的爱恋，迷恋她的一切。她极为温柔，我几乎每时每刻都能从她那里得到愉悦的欢喜，我丝毫不怀疑自己仍是一个充满爱意的激情涌动的男人。

我们互相渗透，交融。她从来不会掩饰自己的快乐，她毫不做作，坦荡自然，她有自己的声音，她有自己的身体语言，她会有回应，会告诉我喜欢或者不喜欢。她说不喜欢时仍很温柔，我因了她的温柔而改变着自己的方式。欢爱时，她会突然睁开眼，朝我甜甜一笑，我会在她的微笑中沸腾……

　　起初的日子，我会整天整夜地与她躺在床上，哪也不去。太累了，终于可以放松找理由歇一会儿，松口气。我只想和她待在温暖舒适的床上，彼此赤裸身体，拥抱，探索，温柔缠绵，无穷无尽。

　　累了，身体保持着距离，但两人的腿还绞缠在一起。我们很少说话，在那样的状态里，所有的言语都是多余的。

　　晚上，我们会一起洗澡。水湿润了她赤裸的身体，洁白透亮，好比天使。她在水龙头下眯起那双黑幽幽的眼睛，朝我咧嘴微笑，甜蜜的、孩子一般的笑容，让人万般安心。她艳而不俗，美得内敛，即便赤裸着的时候也是如此。抚摸。赞叹。平子，我的平子。我经常这样叫她。

　　她会为我擦去身上所有的污垢，清洗我的手臂，仔细扒开我的手指，然后又回到我的胸部，那是没有肌肉的胸部。矮小瘦弱的身子，稍稍有点驼的背，苍白、丑陋的肉体。我站在她面前，自惭形秽。

　　我不敢看自己的身体，于是闭上眼睛，任由她的手在我的身上到处戏走。水顺着我的后背向下洗到变窄而凹陷的腰肢，她的手与水一起而下，所到之处，无不让人战栗……她无比耐心，那双有魔力的手能让你忘掉自己。

冲完澡后，她裹着大浴巾，赤脚踩在地板上，她在夜晚的灯光里游走。她在我的房子里，是我的天使。

她去厨房烧上热水，在水盆中浸入上好的药材，调好水温。我坐在沙发上，她将我的双脚捧起来放入盆中，十几分钟后，她会将它们擦拭干净，然后温柔地抱在怀中，替它们按摩。

乌黑的头发垂在我的腿间，我忍不住伸出手去，丝般柔滑。她娇嫩的小手在我的脚上蝴蝶般飞舞，是销魂的感觉，我的骨头在她的手间变软，融化。

就这样被幸福击中，一切恢复到了最初的模样，因为平子。

叁

　　她喜欢像小猫一样蜷着身体睡觉，看起来那样的
脆弱无助，内心里似乎充满了不为人知的紧张和不安。
这样的表情和姿势能唤起我全部的温情，她在睡梦中
如孩童般对人毫无防备，我担心坏人趁机进入她的梦
境，在梦里伤害她。

　　她翻了个身，依旧蜷曲着身体，她把左脚插到我
的大腿中间来。她是无意的，她在梦里。

　　她真正准备要入睡的时候，不喜欢贴着我的身体，
她总是与我保持着距离，只是稍稍握一下我的手。我
问，为何不躺在我怀里入睡。她说，她不敢那样做，
怕时间长了以后会养成习惯，如果哪一天我不要她了，
躺在我怀里入睡的习惯会让她痛苦。她的话越发让我
心痛，但我从不勉强她睡在我怀里。我从不勉强她做

任何事，只要她能睡在我的床上，能睡在我的身边，就足够了。

只有我自己知道，平子，我的小精灵，你将是我未来的一切。只有我自己知道，我的内心几近为她癫狂。我怕她与别的男人说话，怕她会爱上别人。我甚至想过将她藏起来，让她身上所有的美独为我开放，就像在浴室里，在床上。

她是我的，是我一个人的。我在欢爱的时候，会对她不停地呢喃："平子，我的宝贝，你是我一个人的。"我将她抱紧，用力地抱紧，不停地、反复地说："你天生就是我的。"

她在我的怀里调皮微笑，我会在她的微笑中安静下来，然后在疲倦中快乐地睡去。

梦里还是她，男人的温情在梦里如河水般流淌……

我不再让她去上班了，一想起那个暧昧的场所，那些粗鲁的男人的臭脚，心里有难以抵挡的痛。她很听话，辞了工作回来。我说，你在屋里待着，可以睡觉，可以看电视看书，或者逛街。

她说，好的，听你的。

我每天仍得早起，早上那段时间店里的事情特别多，到九点左右，我便会带着早餐回家一趟。这有点像以前与香在一起的日子，但却是完全不同的。完全不同。

一听到我的开门声，她便从床上起来洗漱。我喜欢斜躺在卧室的沙发上，看她静坐镜前梳头护脸，她的侧影非常优美。她已经学会化淡妆了，是个很懂得打扮自己的女孩。化好妆后，她会朝耳背抹上几滴我给她买的法国香水。

　　她的一天在抹完香水后正式开始。

　　她带了满身清雅的香水味朝我走过来，用香嫩的脸蛋贴贴我的脸颊。那头乌黑的头发很自然地垂挂在我的肩膀上，我伸手去摸，如丝般滑顺……看着她起床、吃饭、化妆，看着她趿着家居鞋在屋子里来回走动，都是一种幸福。她是我的太阳，满屋子都是金黄色的阳光。

肆

母亲本来与我住在一起，自从平子搬进来后，她回去了。

她说更愿意住在小镇的老房子里，习惯了。回去后的母亲也不全都是一个人住，偶尔也有人陪母亲度过漫长孤独的冷夜。那人是邻村的一个老光棍，他本分善良，对母亲唯命是从。

父亲死了，套在母亲身上的那个壳已不复存在。母亲在那个形同虚设的壳子里待得太久，在那个死气沉沉的、粗暴的壳里，她学会了屈服与放弃，学会了隐忍和沉默。以为会无边无际，可他突然死了。他的死让她长长地喘了口气，郁积的浑浊之气从她口中吐出来，吸进去的则是自由和放松。

母亲可以不再是以前的母亲了，她凝固的心像茶

叶一样在水里慢慢泅活过来。她不用压抑，不用屈服，
她是她自己的了。

母亲让那个老光棍留下的时候，老光棍才敢留下
来。母亲始终与他保持着距离。

距离是母亲所需要的，这样的距离可以让她在这
段关系中进出自如，可以让她得到足够的自尊。她不
愿意再让自己掉进那个怪壳中，她已经在那样的壳里
待得太久了，怕了。

母亲早就在隐忍中学会了如何控制自己。

伍

平子喜欢午睡，她的午睡又沉又长。她在白被单
的深处躺着，房间里弥漫着睡眠的气息。

我下午经常会从店里回来看她，我无时无刻不在
心里牵挂着她，我的手在想象中始终牵着她的手，与
她保持着零度的距离。每次回来时，她都在熟睡，我
在床边坐下，她的睡觉的姿势很单纯，单纯得就像一
个婴儿。我看着她如看自己的孩子。她是我的宝贝。
我会伏下身去亲吻她，又努力不惊醒她。她在梦里呻
吟，慵懒地翻动身子，香甜的吻无法驱走她的睡意。
她就那样自由地沉浸于梦中，通常要到下午三四点钟
左右才会醒来。

她夜晚时特别的美，因为白天睡足了的原因，她
的眼睛能够发光，晶莹透亮。皮肤也是，饱满而有光

泽。她是如此的健康，充满了活力。她能照亮房间的每一个角落，所有的一切都因她而美好。房间里无处不是可以相爱的地方，除了洁白的床单上，还有木地板、宽沙发、大阳台、浴缸……到处都可以表达，可以舒展。

她喜欢在欢爱后打开所有的灯。她说她怕黑，以前住老房子住怕了。他们一家四口住在爷爷的爷爷造的老房子里，破败幽暗。父亲五个兄弟，一人只分了一间。因为没有房子，父亲到三十五岁才娶了母亲。母亲是个美人，也是个跛子。从懂事起，就知道住的是旧房子，穿的是别人穿过的破衣服，总是觉得饿的瘦弱的身体，被人叫成跛子的母亲。平子说，小时候她的名字是：跛子的女儿。除了家里人以外，几乎没人叫她的真名。父亲一辈子最大的愿望就是要在村口盖一幢村里最气派的房子，他春天没日没夜地劳作，冬天出门打工，想方设法努力赚钱，两年前他终于实现了这个愿望，为此也欠了一屁股的债。家里还钱，小弟还要读书，于是，她高中没毕业就出来打工了。

她出来后，父亲留在了家里，继续与土地较劲，希望尽可能多地从土里挖出钱来还债。他所有的苦，都只是为了想让所有的过路人知道，村口这幢高大的新房是他家的，那个名扬方圆几十里的美人跛子就住在这幢新房子里。他爱他的美人跛子，他爱他的孩子。

我也有父亲。两个完全不同的父亲。

我经常陪她去逛商店，一家一家逛过去。我搂着她，指点一些自己认为她会满意的衣服饰品给她看，她也不太说话，但时不时朝你笑一笑，将你的手拿过去，让你搂住她那细而柔软的腰。

　　我给她买各式各样的内衣，买各种布料各种款式的家居衣服，买各种品牌的化妆品，买黄白金项链，买钻石戒指……我还经常与她一起去银行汇钱，往她给我的她父亲的卡号里汇钱。她的父亲将来也就是我的父亲。

　　她喜欢笑，她喜欢在我付钱时偎依在我身边浅浅地微笑，我能从她的微笑中看到我和她的未来，金黄色的未来。我需要她这样的微笑。

　　从商场里回来，她的心情会特别好。她冲完澡，穿上睡衣，戴上项链，替我泡脚，给我按摩。然后是温情，是情浓意蜜，是和风细雨，然后歌唱，奔跑，窒息，然后她躲在我的身体下用手推开我，朝我灿烂一笑。

　　永无休止……

　　一个尤物，有她足够了。

　　她就是世界。

　　一个完整的世界。

陆

秋天。

夜晚，我在沙发上看报纸，平子与往常一样替我泡脚。她的手就如上帝，是爱的源头。我放下报纸，看着她的手，如白色的海鸥。我捧起她那双湿漉漉的手，放在嘴边亲吻。

没有欲念，唯有感激。

街头偶有狗叫声，自行车的铃声。深远的寂静。屋内有舒适的家具，柔和的光，她的拖鞋在地板上发出沙沙的脚步声，我懒洋洋地躺在沙发上，脚底留存着她方才按摩过的暖意……所有的这一切，都是家的感觉。

是家的感觉，不过似乎还少了点别的声音。嗯，是婴儿啼哭的声音，是孩子玩耍时的跑动声。

平子从卧室里抱出块洁白的床单，她将床单铺在客厅的地毯上，又从房间里抱来两个枕头，一条被子。

她说：今晚我们睡地上。

她脱掉睡衣，钻进被子里，她略有羞涩，眼睛里却满是诱惑。

那是个不同寻常的夜晚。我的身体在她柔软的怀里变得饱满、坚挺，可我竟然并不想做爱。我就那样躺在她旁边，握着她的小手，就那样静静地躺在黑暗中。这是种奇妙的难得的感觉，如此宁静和饱满，它该是一种满足感，是真正的幸福。

她扭动了一下身子，紧贴着我，低声呢喃："想要。"

我能闻到欲望的香味，但我没动，我似乎更愿意沉静在这种纯粹的、安静的、没有任何欲念的幸福感之中。她看我没动，便顽皮地爬到我的身体上，她压着我，像孩子问大人讨糖果般撒娇："我要。"

客厅里没有灯光，她置身在由过道的灯光和落地窗外的月光混合在一起的淡薄的夜色中。她的头发垂下来，就挂在我的脸上，我看不太清她的鼻子，但我能看见她的眼睛。能够发光的眼睛，那明亮的光就像印在玻璃上的灯光一样，一闪，又一闪。

这是夜晚的某个时辰，万籁俱静。隐约能听到街头夜摊上传来卖嫩豆腐脑的铃铛声，声音温馨，它缓缓传过来，让身在床上的人有种平安的感觉。

她又说了一句："要你。"声音柔若无骨，缠绵悦耳，她趴在我的身上，把我的手拉到她的后背，吻住我的嘴唇。有些柔和的欲望通过她的嘴唇传到我体内，让我为之颤抖。

　　她吻我。卖嫩豆腐脑的铃铛声不再传来，这是美妙的时刻，她的吻点燃了我血液里的火，我的身体开始回应她。我往高处飞翔，她似乎比平日更为投入。她压抑闷热的惊叫，那叫声带了骨头，针一样，扎过来，刺得我痛。那是些可爱的叫声，她说：你让我忘却一切，进入另样的。

　　是一个快速而又缓慢的过程，而至极的快乐却是如此短暂。潮热退却之后，我仍留在她的身体里。我们相拥着置身在淡薄的夜色中，她没有像往常那样推我，也没有听到她的灿烂笑声。我躺在她旁边，在退潮了的感觉中等待她的笑声，那是我们之间关于身体旅行后的愉快的结束语。她的笑声过后，我才会真正安静下来，肉体的，更是灵魂的。

　　她将自己的身体挪出来，她的皮肤有些潮湿，我也一样，两个人都出汗了。我抱着她，我的手是温暖的，那里有爱。她是我的宝贝。她小狗一样躲在我怀里，轻轻地抚了一把我出汗了的胸膛。她没有说话。我们两个人都没说，我沉浸在幸福中，那是暴雨狂风过后的安宁的幸福，酣畅过后恬静的幸福。

　　但我仍在等待她的笑声，激情过后，倦意袭来，我在等待中闭上了眼睛，睡眠很快来临……

一条两边堆着岩石的山路，没有一棵树，没有绿色，到处都是烧焦的土黄色。我在山路上行走，到了一个岔路口，前面有许多条路，我选择了其中一条。远处是成片的荒山，连绵不断，路连着荒山的尽头。

路上遇到一个老太婆，身上有很多只猫。猫抓伏在她的后背、大腿，以及手臂上，猫的颜色杂乱，灰黑白全都有。猫们盯着我，如无数支冷光凝聚在我身上，那些光浸入我的身体，我只觉毛发在恐惧中竖起。老太婆满脸都是皱纹，皱纹刀一样刻进肉里。她有一双老鹰的眼睛，目光犀利的，长着倒钩。

走过来一个女孩，长得清秀，披长发，身材修长，脸部轮廓模糊，但眼睛异常明亮，如婴儿般纯净。女孩子穿着一套灰黑白三种颜色混在一起的衣服，像是从猫身上剥下来的皮。她脖子上系一条红色丝巾，艳丽的红有些刺眼。女孩子一直盯着猫看，但猫却不看她，猫怕她似的，猫的眼光在她身上聚不起来，一到她身上就弹回来了。猫们也没办法，只得重新盯着我看，那些光聚在我身上，是类似与黑色的与死亡有关的感觉，阴森恐怖。

女孩子继续往前赶路，她看都没看我一眼就从我身边过去了。她经过老太婆身边时，所有的猫都怪叫起来，老太婆的身体在猫叫声中晃动了一下。女孩子走出很远后，惶恐的猫们才慢慢安静下来。

前面是不长毛的荒山，连绵不断，没有尽头。我站在路边犹豫不决，我不知该往后退还是往前走，四处张望，想找个有树叶的地方安顿下来。没有一片树叶，没有一棵小草，全都是赤裸着的地皮，黄色的泥土，灰色的石头。

　　远处有红丝巾在飘动，是女孩子在奔跑，她快速地往回跑，当靠近老太婆时，她随手抓起一只猫，朝路边的石头堆甩去。猫在石头上挣扎了一下，发出几声凄惨的叫声后不再动弹。

　　她站在那儿，看着猫死去，咧开嘴朝我笑了一下，没有笑出声来，但笑得灿烂妩媚，杀死一只猫带给她的快感让她看上去无比动人。有血的气息在空气中弥漫，新鲜潮热。周围空荡荡的，不祥在沉默的空气中等待。

　　猫在老太婆身上骚动不安，它们的眼神互相躲避并且变得混乱迷茫。我莫名其妙地紧张起来，从一开始我就紧张。老太婆走到石头堆里，用脚踢了踢被摔的猫，血继续从快死的猫鼻子里流出来淌到石头上，石头变成红色。血流到老太婆的鞋子上，鞋子也变成了红色。

　　老太婆尖声叫嚷，她似乎是被血的颜色惊醒了。沉默打破了，不祥在空气中破裂开来。老太婆挥舞着双手，猫们兴奋起来，怪叫着。老太婆粗暴地用手去赶身上的猫，猫们从她身上下来，蹲在地上怪叫，老太婆继续叫嚷，叫嚷声中夹杂着一两声类似于狗的叫声，那全都是从老太婆的喉咙里发出来的，猫们开始上蹿下跳，尘土飞扬。

老太婆的脸阴险得可怕，充满了敌意的、粗野的、扭曲的、失去理智的脸。她的叫嚷声越来越大，猫在叫嚷声里变得疯狂起来，它们开始朝女孩子扑过去。一只猫抓破了她的手，其他几只猫全扑了上去，女孩解下脖子上的红丝巾，她用一只手护脸，另一只手挥舞着丝巾。红丝巾在空中飘扬，猫们突然停止了攻击，它们瞪大眼睛，在她周围徘徊。老太婆继续发疯似的叫嚷，极其具有煽动性的叫嚷声让猫们又从地上站起来，继续朝女孩子扑去……

我站在一旁看呆了。猫们再次扑向女孩子的时候，她奔跑起来，经过我身边时她顺手牵起我的手，带我奔跑。前面是荒山，往荒山跑，荒山很快就到了，继续往山顶跑。猫在后面追，老太婆跟在猫的后面疯狗一样尖叫。

耳边只有风，山顶很快就到了，山顶上有座小木屋，是褪色的旧木头，是腐朽了的颜色。她拉着我钻进去，关上了门。

她打开房间里的灯，赤脚在地上走来走去。房间里有张很大的床，铺着洁白的床单，她躺在床中间，将身子打开。她躺了一会儿，又从床上坐起来，看了看站在一旁发呆的我，突然咧嘴一笑，随后朝我伸出手，一双白皙修长的手。

老太婆和猫们在屋外狂叫，老太婆的声音与猫的声音差不了多少，叫久了，便与猫的声音混在一起，成了猫的声音。门口一片猫叫，叫声成片成片从木屋的缝隙滚进来，听起来与狂风的声音差不多。听久了，也就不可怕了，我与她在屋外的狂叫声中渐渐平静下来。

她拉着我的手，盯着我看，看久了，突然对我灿烂一笑。她说她需要睡一觉，她边说边脱了衣服，躺在床上，我则坐在床边。

她伸出舌头舔了舔嘴唇，开口道："我不认识你，你也不认识我，我们之间存在着很多障碍，这与灵魂有关。但肉体与灵魂不一样，肉体里如果暂时不需要灵魂的话，就没有障碍了。我有我的根，你有你的根，根就是我们的灵魂，我们彼此不熟悉，不熟悉就掩饰了看不见的障碍，我们不必为灵魂担忧。此时，这间小屋，只有你，只有我，我就在这里，如果你愿意，你可以做一切你想做的，没人认识你，没人认识我。我们彼此互不认识，我们不知道彼此的根，我们周围可以没有虚伪。"

小木屋的角落里长有一棵瘦弱的小树苗，有几片绿色的叶子，叶子绿得不是很纯粹，有些单薄，是一株孤独的生命。

她身体平展着，皮肤白皙，溢满了水分。她有一对漂亮的乳房，它们高耸在她的躯体之上，宛如一对随时会展翅飞去的鸽子。她就在灯光下，离我那么近，屋外是荒凉的狂风。她的身体舒展，情绪平稳，她就那么挑衅地看着我，微笑里又有些心不在焉的东西，我能从她身体里看到某些矛盾的因素，但这样的矛盾却令人着迷。

狂风在屋外呼叫。我是一个迷了路的人，疯狂的欲念开始在心里滋长，灵魂荒山一样空旷，赤裸着。

她将红丝巾盖在脸上，她似乎是闭上了眼睛，但我感觉她仍能看到我。我弯下身，伏在她的胸前。我隔着红丝巾用嘴唇抚摸着她的眼睛、眼眶、嘴、面颊、眉毛、额头。我陷入了迷途，嘴唇的感觉告诉我，这是一张我非常熟悉的脸，但我不知道她是谁。

她的身体在我的嘴唇下轻微地战栗起来，并发出些模糊的呻吟。懵懂之中，我的下身已经脱离了我的灵魂。我干脆闭上了眼睛，我的肉体在需要，我听到了自己的喘息声，不知何时，我发现自己身上的衣服已经不见了，她的手在我赤裸的身体上游走。她的手所经之处，无不战栗。

我为之战栗的女人，是一个陌生的女人，我们彼此不认识，我们不知道彼此的根，但这不影响我肉体的战栗。我有些害怕，但害怕却挡不住疯狂的欲望，我进入了她的身体。我能感受到她每一个细小的反应。她伸出双臂将我环绕，她的身体将我紧紧包裹。我在坚硬中迷醉，甚至渴望在这样的感觉中死去。身体在飞舞，然后在急速的战栗中停止。

她躺在我身体下边，嘴里发出些含糊不清的声音，她似乎在呼唤着一个人的名字，是一个男人的名字。也许是一个她在内心深处深爱着的男人，是一个在遥远等待着她的男人，是一个灵魂与肉体都属于她的男人，或许是她内心深处一直渴望着的理想中的某个男人。我不知道那人是谁，但我清楚地知道那个名字不是我的名字。

她继续呼唤着那个名字，她开始呜咽，似乎哭了。她的哭与她刚才的行为毫不相干，刚才的行为只是一个外在的表象，激情过后，她呼唤着的仍旧是那个她爱的名字。她在哭泣，为另一个远方的灵魂哭泣。

一座褪色了的灰旧的小木屋，周围是赤裸的荒山，屋外猫与老太婆的狂叫声连成一片风，风一阵接一阵地从屋顶刮过，小木屋在风中摇摇欲坠。

我与她赤裸着身体，我们的身体还没从方才的狂热中彻底冷却下来，她却已经在红丝巾下为另一个男人哭泣了。我的身体在她的哭泣声中真正疲软下来，感觉异常孤独，就像大海中的一叶孤舟。我有些害怕，我想将她的丝巾揭掉，她脸部的轮廓总是模糊不清，我想看着她，看清楚她是谁，我需要清醒。

我伸出了手，她脸上的红丝巾被我揭掉了。她静开眼睛，一双奇大的眼睛。有泪溢出了她的眼眶。我离她很近，她的脸清晰地呈现在我面前，她朝我粲然一笑，泪从她的眼角滚出来，亮晶晶的。我本能地伸出手去替她擦泪，泪水滚到我的手背上，我的手被灼痛了。

逃开吧。

我准备逃开时，却听到了敲门声。声音不是很响，却是惊心动魄的，我被惊醒了。醒来后，一下子竟然不知身在何处。

是谁在敲门，是秀儿的男朋友？是老太婆？是猫吗？

我被抛在梦与现实的边缘。我从遥远的另一个世界里回来，感觉好像已经走到村口了，却一时认不出哪幢房子是自己的。我从床上坐起来，寂静与黑色混合在一起，没有任何声音。敲门声留在了梦里，只是一个梦。

身边却有真正的抽抽噎噎的哭声，是平子的哭声。

她背对着我，蜷卷着身子，我想起临睡前她给我泡脚，她将被单拖到客厅的地毯上，她趴在我的身上，她一次又一次对我说："想要。"她的声音柔若无骨，她吻我，她的吻点燃了我血液里的火，那是美妙的时刻，我跑到她的身体里呼唤她，我在高处飞翔，滑落。滑落后，她并没有像以往一样朝我微笑，我记得自己在等待她的微笑中疲倦地闭上了眼睛，我刚才只是睡着了。

呜咽是从平子的体内涌出来的，她是在抽噎。我用手去摸她，她的泪打湿了我的手，我的手被灼痛了。她的泪让我感到惊恐，梦里那个被我揭掉红纱巾的女孩，她也在哭，她会流着眼泪朝我微笑。

我将不知为何哭泣的平子搂在怀里，我像哄孩子一样哄她。我感觉她的肩膀在轻轻地颤抖，我想起经常流泪的秀儿，那个无助的秀儿，她走了，被她所谓的男朋友从我的床上拖走了。她走了，她在半路上跟一个陌生男人下了车，她需要多大的勇气？是对她男朋友极度绝望，也是对我的透彻失望，我一想起秀儿心里就会有抽搐般的痛感。

我轻轻地拍着平子的后背，但她仍旧在无声地流泪。无声的，却是惊涛骇浪的。那个梦将我搅得心烦意乱，我不想问她为什么流泪，许多东西是不需要理由的，解释永远不能准确地表达出她内心深处的真实。

可能是上半夜，我还能在夜的寂静中听到卖豆腐脑的铃铛声。梦引起的极度不舒服迫使我努力去寻找其中的原因，但谁都不知道它到底意味着什么。

也不知道过了多久，她停止了流泪。她对我说，她做了个不好的梦，这让她害怕。我问为什么害怕，她说她自己也不知道。我只能沉默。在我沉默时，她却开始用潮湿的带了泪痕的嘴唇吻我，苦涩性感，她那双出奇大的眼睛在黑暗中闪动着神秘的光泽，极为诱人。

她在亲吻我的时候偶尔还会传出几声哭泣后留下的呜咽声，那声音听起来是那么的柔弱无助。她的无助让我心痛，也有不安，却不知道为何不安。但她的柔弱却让我在不安中产生了一种新鲜的欲望，柔弱的美所产生的魅力足以杀伤如我这样内心始终都处在自卑状态下的男人。我要保护，她需要我的保护。

我去吻她的眼睛，吻她眼角的泪水，我的嘴唇在她的身体上游走，她的身体渐渐柔软起来，潮湿滚烫。某些含糊不清的气味在夜的空气里弥散，忧郁中溢着激情。

我吻她的一切，所有的一切。我悄悄地滑到她的体内，世界安静下来，变得宁静和充实，我想以此来安慰她，我想通过欢爱帮我们从各自的坏梦中解脱出来。我要飞跑，她要灿烂地笑。我希望我对她的爱能随着我有节奏的身体在她的体内流淌，她默默地抱着我，但我能感觉到她轻微的回应。

有句话，我冲口而出："嫁给我。"她没说话，只是扭动了一下身体。

我继续说："生个孩子。"她仍旧没说话，只是呼吸加重。她的呼吸、她的扭动全都让人难以抗拒，我看见潮水涌来，听到海浪与礁石碰撞的巨响。奔跑。窒息。

潮水退下去，恢复呼吸。她在我身体下面，用手推了推我，朝我灿烂地笑了一下，带了泪痕，却依旧顽皮和妩媚。她的笑让一切又恢复了正常。

　　她很快就在疲倦中睡着了，她睡觉的姿势像个孩子，她身体表现出来的无助让我的心里充满了温情。她已经在梦里了，她在梦里忘掉了我忘掉了刚才的眼泪，她忘掉了所有的一切。

　　她在她自己的梦里，与我无关。

柒

与平时一样，早上九点是她起床的时间，下午是她午睡的时间，傍晚是她出去散步、逛商场或者看电影的时间，晚上则是她给我泡脚、按摩的时间。之后，她小狗般躲在我旁边，情浓意蜜，我牵着她奔跑、飞翔，她会躲在我的身体下面，用手推推我，朝我灿烂一笑。

梦中的老太婆和猫叫声与现实毫不相干，有她的日子，再简单，都是闪光的。

这日，我与平常一样九点左右从店里带了早餐回来，进门后，我推开睡房，躺在窗边的沙发上。她不在镜子前，不在床上，我想她应该在卫生间里。我在沙发上躺了会儿，她还没出来，叫她的名字，没有回应。

我从沙发上起来，开始满屋子找，没人。角角落落里找，翻箱倒柜地找，没人，衣服首饰也全都不在了，于是跌跌撞撞出门去找。从早上一直找到晚上，不见踪影。

她消失了。

凌晨一点，从外面拖着影子，疲惫地站在门口敲门。习惯性地敲门，仍以为她会赤着脚穿过客厅一路小跑过来给我开门，会接过我手里的包，帮我脱下外套，用早已准备好的热水给我泡脚、替我按摩……

事实上，没人来开门。

屋子里有她的气息，却没有她的影子。我甚至怀疑她是否真实地存在过，有类似于梦境中醒来时的孤独与恍惚。

那夜我一直躺在沙发上，不敢上床。不敢弄皱洁白的床单（她离开前还将床铺整理得干干净净，她有洁癖），床单皱了，等于心就皱了，裂了，撕破了。我还想等她，等她回来，一起上床。

我蜷在沙发上，漆黑一片。头痛得厉害，屋里所有的灯似乎全在想象中往下掉，碎裂一地。我听到类似鸡蛋摔在地上破裂开来时的声音，破碎声异常清晰。

她离开了，她的离开是她深思熟虑的结果，那些理由非我所知。她的离去，如同让我的肌肤与骨头分离。不，别抛弃我。一想到她不在这个屋子里的事实，她彻底离开的事实，我胸口有被撕裂的疼痛，手脚发抖，全身满汗，我徒劳地伸出手，想抓住点什么，能抓住的只是满手的绝望和一片冰冷的黑暗。

母亲不知道是什么时候来的，她蹲在沙发旁边，满眼蓄泪。

我抓住她的手，有雨滴落下来，是与格飞在公园里的秋雨？还是与莫文在森林里的雨？

一滴又一滴，是烫的。不是雨，是母亲滴落在我手背上的泪。

我瘫软在沙发上，心有悲凉。

整夜处于似睡非睡的状态，脑子里全是一些飞舞着的床单，我在那些床单中寻找，寻找曾经躺在我怀里的平子。我的平子……

在半梦半醒的某些时刻，她仍旧躲在我的怀里，在我从窒息的快感中恢复呼吸时，推推我的肩膀，然后顽皮地微笑。醒来，面对现实是如此的艰难，所有的疼痛都隐藏在我的身体里，被皮肤紧紧包裹。

第七章

Chapter VII

沉睡在你记忆深处的事物，总有一天会在不经意间突然闪现出来，它们就挂在那儿，如电影般将过往清晰地展现。

　　我是自己的观众。唯一的观众，一个在新婚之夜独自坐在客厅里泡脚的观众。

　　也不知坐了多久，我动了动身，换了个更为舒服些的姿势，将头靠在沙发上，继续往木桶里添水，然后深呼吸，重新闭上了眼睛……

壹

平子走了，那种可怕的感觉却如此清晰……

周围是赤裸的荒山，屋外的猫和老太婆的狂叫声连成一片风，一阵又一阵的风从屋顶刮过，小木屋在风中摇摇欲坠。脸上盖着红丝巾的女人躺在小木屋的床上，她脸部的轮廓是模糊不清的，我弯下身，伏在她的胸前，我隔着红丝巾用嘴唇抚摸着她的眼睛、眼眶、嘴、面颊、眉毛、额头，我陷入了迷途，嘴唇的感觉告诉我，这是一张我非常熟悉的脸，但我想不起她是谁。

梦里，我揭掉了这个女人的红丝巾，她朝我粲然一笑，有泪从她的眼角滚出来，那张脸清晰地呈现在我面前。

她就是平子，我从梦里逃了出来。

我原以为这仅仅只是一个梦，生活表面所呈现出来的假象让我拒绝怀疑，但结果迟早会在生活中真实地呈现，无论你是否拒绝……

平子走了，以前在一起灯红酒绿的朋友们又来了。我和他们一起吃饭、唱歌、跳舞，我让自己的肉身跟在他们后面无意识地旋转，我在喧闹声中逃避痛楚。他们自己带着女朋友，他们也为我叫小姐，他们大大咧咧地说："旧的不去新的不来。"小姐一个比一个漂亮，小姐来了，又走了。我不要，不需要。

他们喝酒划拳，热闹非凡，我坐在他们中间，微醉中看见了格飞的脸，她就像一朵金黄色的向日葵开在我身体里。

一日，酒桌上，他们又为我叫了一个小姐。小姐来了，很漂亮，眼睛出奇的大，披一头乌黑的秀发，看起来斯斯文文的，她也会微笑，微笑中甚至夹着那么点羞涩。她来了，马上又走了。我说："走吧，我不需要。"

他们说："吴川，她可比平子漂亮多了，你值得为那个女人这样吗？有钱什么女人没有呀？"

我身体靠近心脏的某个部位突然僵硬起来，疼痛和愤怒一下子将我席卷，我握紧拳头站起来，我的嘴巴与身体同时失控："你们懂个屁！有钱什么女人都有，屁话！有钱会让某些女人陪你睡觉。只是睡觉！她会脱光衣服让你抚摸，跟你性交，她会说爱你，在床上为你做任何你想要的姿势，她们会假装激动得大喊大叫，她们会表现得很亢奋，那只是她的肉体在动，只是她的嘴巴在动，那只是一团迷人的、带毒素的与灵魂毫无关系的肉而已。你们这些臭狗屎，我告诉你们，谁再敢为我叫小姐，我就跟谁没完！"

我将握紧的拳头用力地捶在酒桌上，菜汤溅在那伙人的衣服上，用来遮丑陋之躯的衣服，溅脏了也无妨。

我疯了一样挥舞着拳头，嘴巴骂个不停，痛快极了。他们被弄傻了，其中一个不解地问："吴川，你是不是有病，本来就是玩玩的事，干吗那么认真！"

我说："你们玩吧。你们爱怎么玩就怎么玩吧，我不奉陪了。"

贰

　　仍旧失眠，我会半夜起来将屋子里的灯全都打开，太暗了，太冷了，要光亮，全都亮起来。平子在的时候，喜欢在欢爱后把灯全都打开，赤脚在屋里走来走去。不知身在何处的平子。疼痛快速洇染开来，失眠的夜晚，无比忧伤。

　　不久后，客厅里多了一个红木书架。书架买来时，家里没有一本书，书架就像一棵没有叶子的树。我去新华书店买书，我不买摆设的书，我不想摆设给别人看，更不想摆设给自己看，我买自己想看的书。我买了一本，读完，把它放到书架上，然后我再去买第二本，读完，放到书架上后又去买第三本。

　　书架上的书一天天多起来，我的孤独在白纸黑字中渐渐沉淀下来。白天，我是酒店的老板。晚上，我与书做伴，我也越来越安于这种相对宁静的状态……

这天晚上，看书时，接了个电话。竟然是格飞的声音，一个仍旧能让我内心感到战栗的声音。

几年前，她坐在学校门口的梧桐树下，吃过我做的麻辣烫。那是我最后一次见到她，后来我去了省城的一家酒店做面点师傅，并且在那儿认识了秀儿，再后来父亲死了，我从省城回来，赚了钱，认识了平子，之后平子离去。在这个过程中，我从没与她联系过，但有种思念却从没停止过，从来都没有。

千真万确，是她的声音。

我下意识握紧了话筒，她的声音听起来缥缈，有着不真实的距离。我努力将电话扣紧耳边，屏气凝神，听她说话。屋子里的信号很不稳定，电话通通停停，她一直拨，我一直接。她好像有一堆的话要表达，要接上，要穿越。

在听的过程中，我的喉咙底下生出了很多梦里曾经有过的感觉，很多很多，不断地涌上来，是有颜色的，类似于雨后野菊花的颜色……

结束通话，已是深夜。

她从莫文母亲那儿知道我这些年来的情况，但我不知道她的情况，没人告诉我。她说，她离婚了。就在我和平子同居不久后，她离婚了。她没有对我说原因，她不说，我也不问。

结婚，或者离婚，所有的事物都不可预料。每一场离婚背后都有无数个理由，说或者不说都不影响结果的存在。现在的结果是，她是一个离了婚的单身女人。她说她什么都没要，包括孩子。一个人悄然地离开，在另外一个城市重新开始。一个人，孑然一身。她说："有些时候，谁也不知道一生中要等候的那个人究竟是谁，谁都不知道自己真正想要什么……"

　　挂电话后，我从书架旁的沙发上起身，打开玻璃门，走到阳台上，抬头，满天的星星。夜空发亮。仿佛天际有幅天鹅绒的帷幕遮住了满天强烈的光芒，从那儿泻出难以描摹的光亮。我从来没有看过天空如这般湛蓝清冷，可又燃烧着充溢着从星月中泻下的光线。如正沐浴，温水从头顶灌下，洁白微温的光冲洗着身体，柔和地浇淋我的肩和头，一直沁入心灵。

　　金黄色的向日葵花的气味在周围浮动，某些早已沉睡的渴望再次被唤醒。

叁

我决定天亮就出行，去一个陌生的城市，城市里有她。

到那个城市已是傍晚，打她家电话却没人接，我在宾馆住下，吃了点东西后，独自一人去江边散步。

夏日傍晚的空气柔和均衡，特别具有传导性能，周围那些没有生命的东西也仿佛有了感官，眼前所能看得到的东西与白天没什么两样，只是多了一层淡薄的夜的颜色。我顺着江边走，江边的空气湿润，空气中带着赤裸裸的纯净朴实的气质，无比寂静。有时觉得，寂静本身并不存在，并非声音真的消失了，而是内心那些喧闹的声音暂时没有了。

夜色渐浓，周围几乎看不到散步的人，大家都回去看电视或者睡觉了。看看手表，差不多也已经快到十点了。

我按她昨晚在电话里留给我的地址直接去了她住的地方，我想这么晚了她也该回来了，我希望能给她一个惊喜。

按了门铃。门开了。

她看着我，惊讶的表情一闪而过，微笑很快在她的脸上荡漾开来，成熟的、妩媚的、带着点小小的傲气。

她穿一套黑色的夏装，质地讲究、做工精致。披肩发，染过的，淡棕色。身材比以前丰满了许多，仍很漂亮，漂亮里却有了锐利的时尚、有了疲倦、有了风尘，有了看不见的危机。与以前有了本质的不同，她身上散发着太多不可测的东西。

她侧身将我让进屋内。

一套装修豪华的大房子，屋子里应该有的东西几乎全都有，而且都是最高档的，唯独没有书。曾经想当作家的她上次来看我时，还在我的麻辣烫摊前说起过她准备要写的小说，想必这一切都已经成了她嘴边的旧梦。屋里唯有的一本时尚杂志被她随手扔在黑色的羊毛地毯上，黑地毯四周围摆了一套黑白斑纹的布艺沙发，沙发前蹲着一只黑白斑点的大玩具狗，墙上没有任何装饰品。客厅里闪着清冷的幽光，黑白花纹的世界让人目眩。

我们在沙发上坐下，她递给我一支烟，我摇头，她自己点上一支："昨晚我喝多酒，给你打电话的时候情绪很低落，电话打完后也就没事了，打扰你了。"

我没说话，内心里莫名其妙的紧张与不安，身体燥热，屋里开着冷气，但对我似乎没什么作用。

她将沙发旁的台灯打开，柔和的光照在她松软的淡棕色头发上，也照在她那圆润白皙的脖子上、她那微微倾斜的两肩以及隆起的胸脯上。这一切加上她身上散发出的浓郁香水味，我有些手足无措。

隔着烟雾，我看她嘴巴在不停地一张一合，我知道她在说话，但我听不清她在说些什么，高度紧张，意识模糊。我的目光越过她的胸脯，落在了那只黑白斑点的玩具狗上。眼睛里的玩具狗也只是一个不成形的点，看不到具体的东西。我陷入疯狂的想象之中，它是一件冒险的事情，会让人朝着愚蠢的、违背本意的方向前行……

她去了厨房，留给我一个黑色背影，像她这样年龄的、皮肤白皙的女人穿黑衣服应该是最得体的。不可否认，她是一个懂得打扮自己的女人。

卧室的门半开着，看不清里面的摆设，那是一个离了婚的女人的神秘世界。

她端着一盘西瓜从厨房出来，冰过的、清甜爽口的西瓜，西瓜在我嘴里化成一轮明月。是一轮在那个喜欢画画的同学家的瓜地前看到的明月。满天的星星，远处的山、树、村庄在月光下呈现出淡薄的蓝色，一片寂静，是月光下特有的永恒的寂静。山坡下有一条小河流，能听到河水的叮咚声，青蛙在稻田里鸣叫……西瓜叶仿佛在月光下静微地颤动，是无声的，它们跟我内心处勃发的隐秘的激情相呼应……格飞的形象在月光下真实地飞扬，她是一只孔雀，盘旋在瓜地上空，羽毛在月光下发出金黄色的光泽，光彩夺目……

这只成熟了的孔雀就坐在我的身旁，她正在专心地削苹果，仍旧是那双白皙修长的手。许多年前，在高中校园内，晚自修，我曾站在她教室的窗外，隔着一层透明的薄玻璃，为那双翻书的手战栗不已。

如今的她，以及她所处的环境，却让我觉得陌生，我无法推测她的一切。一个人为自己选择了一种生活方式，必定经过了自己的深思熟虑。要选择，或者要改变，都不是旁人能决定的。

已快十一点了，是该站起来告辞的时候了。她也随我站了起来，她在站起来的过程中拉扯了一下刚才不小心坐皱的套裙。我们彼此站定，两个人目光相碰，她朝我咧嘴笑了一下。是格飞的微笑，我在她的微笑里重见往日……

她站在校门口的梧桐树下，那是初秋的早晨，她穿了件鹅黄色的蝙蝠衫，一条黑色的健美裤，一双白色的运动鞋。她的体形纤弱修长，几乎是瘦弱的，躲在宽大的蝙蝠衫里，显得非常娇弱。阳光透过梧桐树枝照在她那蓬松的黑发上，也照在她那瘦长的脖子上、她那微微倾斜的两肩以及微微隆起的胸脯上……她就那么无声无息地站在学校门口。在所有的女人的形象中，只有这个形象能让我感到喜悦，她是我对世界的另一个想象，是金黄色的、阳光灿烂的想象……

我一时不知道自己身在何处……

我的意识蒙眬起来，伸出双手，将站在面前的她抱住。我抱住她，抱住了那个永远无声无息地站在校门口的她，有音乐舒缓有致地从脚底伸起，内心深处隐秘的情感像花瓣一样层层剥开……向日葵的金黄色裹住了我的心脏……

那片已经沉睡了的、金黄色的向日葵在不停地呼唤，我闭上眼睛，看见自己的身体在那片充满了阳光的金黄色中漂浮……我想我一定是哽咽了，喉结处有股力量在涌动，身体随之战栗。我的手被另一双看不见的手操纵着，它已经在解她的衣服了……

我清楚地知道，我并没有强烈的想要与她做爱的欲望。当我伸出手去解她的衣服时，我突然清醒过来，本想将手缩回来，但她的衣服扣子已经被我解开好几个了，一片耀眼的白洁，让人眩晕……

她继续抽着烟，全身慵懒地靠在我的怀里，没有任何表示，只是朝我微笑，那微笑里是有距离的、带点嘲弄的，还夹着那么点傲气与无所谓。

她看着我，她的眼尾已有了少许皱纹，我第一次没有躲避她的眼神。我的手从她的胸罩下方伸进去，触碰到了她赤裸的身体，既然这样做了，我就没必要再躲避她的眼睛了。虽然内心惶恐不安，是惧怕的，惧怕什么，连我自己都不知道，但我却不想就此停止。

　　我将她抱起来，朝卧室走去。经过客厅与卧室相连处的那道幽冷的光，我用脚踢开了卧室的门。一扇半开着的门，一个神秘的世界，被我一脚踢开。

　　我将她放在床上，一张出奇大的双人床。一个离了婚的女人的双人床。床上铺了黑色的绸缎，纯正的黑，透着华丽而又危险的诱惑。

　　她的世界如这黑色的绸缎，深不可测，我是一条沉在黑河里的鱼，想浮上来，却欲罢不能了……

　　她没有任何反抗的意思，她赤裸的身体很快就呈现在了我面前，我打开床头灯，她像花一样开在黑色的绸缎上面。一片灿烂，像一朵金黄色的向日葵。它来得那么突然，让我有点不可置信。

　　她躺在那儿，朝我微笑。是有距离的、带点嘲弄的、还夹着那么点傲气与无所谓的微笑……

　　那样的傲气与无所谓让我窒息，生命中曾经有过的一些疼痛在她的微笑里弥漫开来，刺痛人心，我几乎都快倒下去了。不，她还是她，我第一次在校门口见到的她，明亮的眸子里隐藏着羞涩，被秋日阳光照成金黄色的面庞，还有那瘦削灵活的身体，她就在这里。

我将她小心翼翼地压在了身体下面，她一动不动地躺着，她一直睁着眼睛，从没停止过嘴角的微笑。

她的微笑惊醒了我，刺激着我，激怒了我。

我将床头灯关掉，把眼镜取下来放在床头柜上，我似乎突然间便陷入了一个陷阱，不能后退，只能拼命前进。我是个男人，我得证明我是一个男人。内心却如此懦弱，这点我比谁都清楚。

金黄色的阳光在我的世界里淡去，在阳光还未完全散去之前，我最终还是勉强地进入了她的世界，一个肉体的世界，这似乎只是一个无法控制的意外……

我陷在一片战栗之中，她躺在我的身体下面，摆出夸张的慵懒的姿势，肌肉却是僵硬的，我听不到任何掌声，唯有自己粗鲁可憎的喘息声。

这孤独的喘息声是如此的熟悉，在另一个女人身上，我也曾无数次地喘息过，那是一种痛。那女人叫香，一想起香，就想起那种痛。我在香身上体会到了最最深切的孤独，是一个肉体与另一个不被崇敬的肉体结合在一起得到满足后的孤独，冷漠在凌乱的床铺上到处都是。

我不愿意重复，不堪回首。

此时，在一张铺着黑绸缎的大床上，是我的格飞。我知道这是一个正在发生的错误，我掉进黑色的深渊，腿陷在淤泥里，身子在空中乱转。我看不到一点光亮，只顾努力升起，但却在快升起时就急速地跌落下来，从身体深处涌出一股寒流，让我从迷雾般的恍惚之感中惊醒，我跪了下来……有些类似于耻辱的感觉在膝盖底下成了永恒。

我的身体随即快速疲软，如此糟糕透顶，除了听到自己内心的哀叹，什么也意识不到，时间在瞬间不复存在，一片空白。在空白处的尽头，我听到了格飞的笑声，声音不响，却特别刺耳……

我的目光长久地停留在卧室的天花板上，透过天花板，落在了更遥远的虚空的地方……我听到有东西从身体深处裂开，在那片浑浊的声音中，我能听清楚裂痕处的清脆之声，是鸡蛋壳破裂开来的声响，响声由内向外延伸，满屋子都充塞了鸡蛋壳的破裂之声，它们就如一群飞舞着的蜜蜂，在我耳边嗡嗡作响。

她躺在那儿，斜着眼朝我微笑，微笑里透着一股冰冷的傲气，那点傲气是天生的。黑色缎子盖在她的身上，冷艳之气徐徐展开，它是这般耀眼逼人，整个屋子笼罩在静寂之中。

多年来虚幻的世界在这样的寂静之中消失。

一切都让自己彻底破坏了，事情本不该是这样的。刚才的行为，如此荒诞。我不知道该抱怨什么，我想起以前那些重复的噩梦，梦的终结是恸哭，但我无处可哭。

　　穿好衣服，离开了那张铺着黑色绸缎的大床，离开了那套装修豪华的房子，鸡蛋壳破裂的声音仍旧在耳边响个不停。

第八章

Chapter VIII

夜已深了，水在回忆的过程中渐渐冷却。那么，再加一次水，把回忆进行到底。

热水添进来的时候，脚已经没什么感觉了。水仍旧是滚烫的热水，只是脚在水里待的时间太长了，习惯了。

甚或麻木了……

壹

　　日子每天仍旧在书中结束，在热气腾腾的粥香中开始，所有的一切似乎都变得遥远模糊。表面上看起来与往日没什么两样，但仔细想想，却又是不一样的，是另一个开始，不是疯狗一样的追逐，而是河水一样的细淌。

　　客厅里的红木书架差不多已经被书塞满了，一下子又是一年，以为自己还年轻，其实很快就将近四十了，有一天终要老去，轻轻松开手，像落叶般飘落，回归大地。

　　母亲不止一次地在耳边催促："找个女人结婚吧，养个孩子！"

　　我不急，没这个心思。

　　也不知是从什么时候开始的，我养成了晨跑的习惯。一天早晨，我照旧下楼晨跑，发现小区的花园里原先看起来灰沉沉的树枝间，一夜间突然绽放出许多美丽的芙蓉花。秋天又到了，这绽放的芙蓉花给灰色的心境带来一线光亮，因为贪恋花园里的气味和芙蓉花的色彩，那个早晨我便留在了花园里散步，

散步时，想起小时候邻居家院子里种的向日葵、第一次见到格飞时她穿的那件淡黄色的蝙蝠衫、夏日夜晚在同学家的瓜地里看到的皎洁的月光……还有眼前的秋日芙蓉，它们曾经都是那么的美，令人心旷神怡。它们是现实中一道转瞬即逝的影子，但却能够绵延起伏、波光闪动。它们又像是一段段的旋律，音符尖利、持久而又让人备感温馨。还有那个有雨的秋日下午，那只原本不存在的蜜蜂曾经在我头顶嗡嗡鸣响，它曾划破了我二十一岁时的长空。这些记忆神秘而又抽象，它们隐藏在一块金黄色的幕布后面。

我开始明白，有些愿望根本无法得到彻底的满足。生活中那些适合我的或者原本是属于我的东西，才是我真正需要的。就像我曾渴望有一大片长满向日葵的土地。白天，我注视它们的目光会与它们一起朝向太阳；晚上，它们会温顺地低下头，注视我、触摸我，且能与我轻声低语……

贰

她是随二舅一起来的。

在我的店，我见到了她。个子不高，丰满肥腴，大圆脸，戴眼镜，粗黑的辫子，水嫩白皙的皮肤。

是夏天，她从阳光中走进来，脸上还挂着汗珠。她站在店门口朝我浅笑，笑里藏着真正的羞涩。是某张老照片里的女人模样，是属于上个世纪的，恬静的气质里，给人踏实安全的印象。

那天，母亲也在店里。她走后，母亲说："挺不错。"

我说："你说不错就行。"

二舅回去后给我打了个电话，他说："她已经三十岁了，是个会计，平日很少出门，喜欢读历史，从没正式谈过恋爱，听说还是个处女。她对你的印象很好。"

我说:"知道了。"

过了不几天,二舅又打来电话:"她父母说想见见你,抽空就去她家一趟吧!"接到电话后的第三天我就去了,去之前到街上买了几盒茶叶,还去新华书店给她买了两本精装书,一本是《二十五史智慧精华》,另一本是《万历十五年》。

坐火车去的,她家在外省的一个小镇上。早上七点的火车,到她那已经是下午三点。吃过晚饭后两个人在街上走了一圈,说了些话,话题似乎只限在她看过的书上。我在她家住了一个晚上,第二天一大早,就坐火车回来了。

我回来后,二舅又打电话来说:"她父母亲也同意了。"

同意就好。

接下就是结婚的事了。简单扼要,直奔主题。

今天是我结婚的日子，是第一次结婚，肯定也是最后一次。我已将近四十，结了婚，生了孩子，也就老了。老了，也就没什么可折腾的了。

礼炮声响起。礼花满天飞，星星、太阳、月亮、蝴蝶，全都化成烟花，在夜的上空划过。

婚宴摆在县城最高档的饭店里。接新娘的车子早上五点就出发了，回来时已是晚上七点半。我从下午五点就站在饭店门口接客人，新娘是我接到的最后一位客人，一个白皙丰满红润的客人。

我抬动站酸了的腿，将她从婚车里抱出来，然后牵到二楼的大堂。客人们都在大堂里等着，烧好的菜也在厨房里候着。我与新娘站在大堂正中的那块红布上，开始拜堂，一拜二拜三拜之后，我将新娘牵到大堂最顶头的那张桌子旁边坐下。我们一落座，菜就上来了，大家都饿坏了，菜上来一个，就扫光一个。

我高中时的大多数男同学都来了，很多人都喝醉了，他们拎着酒瓶、端着酒杯到处找人碰杯，大着嗓门说话，用力拍人家肩膀，歪歪腻腻地走路，酒让他们兴奋得好像是他们自己娶老婆一样。他们大多数都是一个人来的，他们说不愿带自己的老婆，女人有时挺麻烦的，男人喝酒时最好别带上女人。

一共有三十二桌客人，吃到一半时，我与新娘站起来给客人们敬酒。一桌桌一个个轮流敬下去，用了将近两个小时，我的脚又酸又痛，就像美人鱼的腿，走一步痛一下。

因为先前吃得太快，以至于后来的菜没什么人动筷子了。有人最早站起来告辞，说第二天要上早班，得早睡。十点不到时，客人都陆陆续续走完，婚礼也就结束了。

婚车将我与新娘送到小镇的老房子里，母亲比我们早些时候到家，正在老房子里守候着我们的到来……

小镇离县城有二十多公里。小镇很小，只有两条街道，不过也有电影院、商场、法院、邮局、粮站。年轻人都在外打工，留在镇子上的原本就不多，一到晚上，越发显得冷清。

到了老房子后，按老辈的规矩，新娘的脚入洞房前不能沾土，我只得将新娘从车里抱出来。她双手搂着我的脖子，没说话，也没笑。灯光从老屋的中堂散发出来，并不十分明亮。在这并不明亮的光线下，我似乎看见嫩黄色的蝙蝠衫、浴室里流动的水、秋雨、行驶的火车、在床上挣扎的、瘦弱无助的肉体，它们越过屋后池塘边的柳树，朝我身边飘移过去……

新房是十年前就准备好的新房，除了那张新床外，所有的摆设都与十年前的一模一样。我将新娘放到婚床上，累得站在床边直喘气。

她坐在床沿边，两个人都没说话。她是第一次到老房子里来，有些好奇，扭动着粗短的脖子，四处瞧瞧。

我回到客厅里，精致的纯银烛台上有对点燃的蜡烛，摇曳的烛光在墙壁上投下舞动的阴影。母亲说，蜡烛到后半夜差不多就会自然熄灭了，左边那根是我的，右边那根是新娘的，如果左边的蜡烛先灭，那么我要比新娘先死，反之则新娘比我先死。母亲很不安地看着左边的那支蜡烛，它燃烧得似乎要比右边的快一些。我说：没什么好担心的，谁先死都一样。

我每天都有泡脚的习惯，新婚之夜也不例外。我坐在客厅靠墙的那张破旧的、早就没了弹性的沙发上，开始脱鞋袜。母亲已经为我烧好了三壶开水，就放在沙发旁边，与水壶放在一起的还有一个大水盆。水盆是木头做的，幽黑厚重，是母亲当年的嫁妆。

母亲给我兑好水温，将我的脚捧起来，放进木盆里。脚遇到热水，先是疼痛与痉挛，滚烫的感觉漫延到全身，肌肉收缩，然后缓解，沉在脚底的疲倦从皮肤里溢出来，慢慢浮出水面。被烫过的经受着疼痛与痉挛的脚有种被抽空的感觉，随之而来是舒畅，是火辣辣的痛，亦是一种愉悦。

　　夜风从老房子后面池塘边的那棵大柳树上吹过来，像细纱，在耳边轻抚。我坐在沙发上，脚浸泡在水里，闭上眼睛。所有的一切都在脑子里搅成一团，昨天或者更远的过去，真的或者假的，都如灰尘，消散。只剩回忆……

　　我在幽暗的回忆之隧道中独行，并且能听到生命之钟在隧道内发出振聋发聩的滴答声。

肆

周围异常安静，那些细小的皱纹就在这样的时候乘虚而入，不动声色地攀上我的眼角并缓缓伸向额头。

堂屋的门还开着，夜色从外面的世界溢进来，带了寒意。夜深了，母亲早已去睡。那对点着的大蜡烛只剩下一小半了，看不出哪一边快哪一边慢，其实谁先死都无所谓，没有选择，要么是我，要么是她。

我从水里抽出双脚，擦干，穿上鞋子，去门口倒水。就泼在门口的水泥地上，水泼在水泥地上发出的响声在寂静的夜晚显得格外清晰。这生活，就如我手中的这盆泡脚水，有点儿浑浊，甚至有点儿异味，可你不能不承认你泡脚时的醉人感觉。

倒掉水后，我关了门，准备回房睡觉。新房的灯还亮着。新娘还没睡，她靠在床头，手里捧着本《万历十五年》。据她自己说，这本书她看过不下五遍。

我说："睡吧。"

她说："等你呢。"

我先脱了衣服钻到被窝，她慢吞吞地将外套脱掉，然后缩手缩脚地躺了下来，身上还穿着一套白色的保暖内衣。她躺在我身边，安安静静的。我将床头灯关掉，然后把眼镜从鼻子上取下来，放在床头柜上。

黑暗中，我看不见她，她也看不见我。我伸出手，将她身上那套白色保暖内衣给剥掉，我尽量让自己的动作温柔些，怕吓着她。我能感觉得出她很紧张。脱了衣服后，我伸出双臂将她搂进怀里，是个丰满结实的女人。

很多时候，肉体的接触可以变得不是那么重要，但还是要去做的，是一个程序，是新婚之夜丈夫对妻子的尊重。

二舅说她还是个处女。我知道，欲望潜藏在她的身体里，如星星藏在雨夜里一样，被一块黑色的布遮住了。我曾与她一样。

我将是她的揭幕人……

她的身体非常柔软，是我从来都没有经受过的柔软。她因紧张而呻吟，对即将进入她身体的男人怀有的小小不安和甜蜜期待……

我的感觉在她紧张的呻吟声中急速膨胀，而身子却仍旧悲哀地疲软着。我气喘吁吁，我努力去做，却什么都做不了……我置身于黑暗之中，疲软的身体让我陷入一片恐慌，是冰冷的感觉。

非常的不幸，此时此刻，无人会向不幸者伸手……

我努力去唤醒生命中曾有过的激情，可此时此刻，那些给过我激情的人都已面目模糊，我甚至分辨不清她们是否真实地存在过，而那些激情对此时的我来说，全是死亡了的狂欢，它们化作幸灾乐祸的枯叶撒在我赤裸的身体上……世界在我的急躁中缓缓破裂，我对自己无能为力。

一切都是徒劳，有的只是沮丧，只是悲哀……

无辜的肉体……

内心是不安的，这点我比谁都清楚，但我得开口说话，我不喜欢装腔作势，我也不想在一个真正做了我妻子的女人面前装腔作势一辈子。可我又不能明目张胆地为自己找借口，只能说："没什么的，别紧张，或许太累了，会好起来的。"

她背对着我，微微蜷曲着身子，她没回话。我侧身躺着，我的胸贴在她宽厚丰腴的背上，非常温暖。我知道，我的生命需要这样踏实的安慰。

我在黑暗中无比耐心地轻摸她的身体，算是作为补偿，她的喘气声在我温热的手尖下渐渐平稳下来。很想在抚摸她的时候再说几句话，但那僵硬的嘴唇却很难发出声音来。

　　不过她很快就睡着了，是个会打呼噜的女人。